桜色の風

茶屋「蒲公英（たんぽぽ）」の料理帖

五十嵐佳子

PHP
文芸文庫

○本表紙デザイン＋ロゴ＝川上成夫

桜色の風　茶屋「蒲公英（たんぽぽ）」の料理帖　目次

第一話　桜ほろほろ

表戸を開けると朝の白い光が帯になって差し込み、さゆはまぶしさに目を細めた。薄雲がたなびく明るい春の空だ。

日がのぼったばかりだというのに、店の前をはく小僧や打ち水をする女中の間を縫うように、野菜や乾物を山と積んだ大八車や、棒手ふりが足早に行きかっている。伊勢町堀のほうからは荷揚げ人の野太い掛け声が波のように聞こえた。

「今日も早いね」

隣の木戸番の女房・民が愛想よく、さゆに声をかける。番小屋の前はすでに箒の目がつくほどきれいにはきあげられていた。

「お天気になりそうですね」

さゆが空を見上げながら微笑む。

民はいつもの『十三里』ではなく『金魚』と書かれた幟を立てた。

「あら、お芋は？」

「昨日でお仕舞い、今日からは金魚なの。桜ももうすぐだし。熱々なんて野暮でしょ」

民は小太りの肩をすくめた。

番太郎の佐吉は三十代半ばのうすぼんやりした男だが、民とは幼馴染で、子はないものの夫婦仲はむつまじい。

番太郎の少ない給金の足しにするために民は内職に精をだしていて、草履や蠟燭、鼻紙、子どもが喜びそうな駄菓子や玩具などを番小屋に細々と並べて売っている。冬の間は焙烙で焼く芋を目当てに通ってくる娘や女たちも多かった。

十三里は焼き芋のことで、『栗（九里）より（四里）美味い十三里』という洒落である。江戸から十三里離れた、さつまいもの名産地・川越にもかけてある。けれど民のいうとおり、焼き芋は寒い時季に限る。

「初物好きが集まってきそう。今日は忙しくなりますね」

「だといいんだけど」

民は張り切った顔でうなずいた。

もう花見時かと思った瞬間、時の過ぎる早さが、さゆの胸をついた。

昨年は、美恵のお供で、隅田川堤の満開の桜を舟から見た。

薄桃色の花が川面に映り、まるで桜の雲の中にいるみたいだった。

桜鯛の早ずし、かまぼこ、蛸の桜煮、菜の花のおひたし、打ぎんなん、ひらめとさよりのお造り、白髪ウド、紅梅餅、椿餅……。さゆが腕をふるった重箱を見ると、美恵は、豊かな頰をほころばせた。美恵は美味しいものや珍しい食べ物に目がなかった。

さゆが白髪ウドを勧めると、美恵はくすっと肩をすくめた。

「還暦も過ぎたのに、おさゆは私にもっと長生きをさせるつもりですか？」

ウドを縦に細く切り、水につけてシャキッとさせた白髪ウドは、長寿を願う縁起物だった。

「ええ。まだまだ古稀、喜寿、傘寿、米寿、卒寿、白寿、百寿が控えております」

「まあ……では、その祝い膳の支度は、やはり、おさゆにお願いすることにいたしましょう。私が百寿のとき、おさゆは……九十二ですね。覚悟なさい。頼まれても隠居などさせませんから」

軽やかに笑うと、美恵は白髪ウドに赤酢味噌をつけ、口に運んだ。

あれが美恵との最後の花見になった。夏の終わりにひいた風邪をこじらせ、秋風が吹くのを待たずして、美恵は旅立った。

美恵は、勘定吟味役、佐渡奉行、下田奉行、長崎奉行などを歴任した旗本・池田峯高の奥様で、さゆは四十年、おそば付きの女中として仕えた。

これほど長く武家奉公をするとは、さゆ自身も思っていなかった。ましてや、日本橋・本町の薬種問屋「いわし屋」の両親は、想像だにしなかっただろう。

よい花嫁修業になるからといって、両親は十五歳のさゆを旗本の池田家に送り出したのだ。

翌年になると、見合い話があるから、奉公を辞して戻ってくるようにと、親はたびたび便りをよこした。

美恵も見合い相手を見繕っては、しきりに所帯を持つよう勧めた。

だが話が持ち上がったときに限って、池田家嫡男の峯暉が疱瘡になり看病の日々が続いたり、親の具合が悪くなった朋輩の女中が里に戻ったり、峯高の役職があがり祝いの人が引きも切らず、はては美恵が寝込んだりして、うやむやになった。

さゆが是非にもと願えば、話をすすめることはできただろう。

そうしなかったのは、そのころ、さゆには秘かに胸をときめかせていた人がいたからかもしれない。

峯高が目をかけていた下役で、爽やかな風貌の、優しい物言いをする人だった。五つほど年上で、さゆと目があうと、口元をゆるめてあわてたように会釈する。峯高と共に膳を囲んだとき、並べた料理をさゆが作ったと知ると、目をみはった。房総に役目で出かけたからと、料理の神様・高家神社の料理上達御守をさゆにそっと渡してくれたこともある。

だが、その人は幕閣の重鎮の娘と祝言をあげた。そして峯高が佐渡奉行になると、役方違いとなり、池田家には滅多に顔を見せなくなった。

始まる前に終わった恋だった。

見合い話に首を縦にふらない娘に親は業(ごう)をにやして、これ以上歳をとったら、相手は再婚のこぶつきしかいないと脅(おど)し文句を並べた文(ふみ)を送ってきたりもしたが、三十を境に、そういう話は、ぱたりとなくなった。

両親が相次いで亡くなったのは、さゆがまもなく四十になろうというころだった。いよいよ危ないという連絡がきて、見舞いに駆けつけたさゆの手を握り、母は苦しい息の中、「ひとりで老いるのは寂しいよ」と繰り返した。

親不孝な娘だったと思う。嫁(とつ)いで子を産み、親に孫の顔を見せて安心させることはできなかった。

今になってみると、なぜ所帯を持たなかったのだろうと思わないでもない。同輩(どうはい)の女中はみな早々に奉公を切り上げ、嫁いでいった。

美恵との相性がよく、ただただ目の前のことに一生懸命になってしまうさゆの性分(しょうぶん)のせいもあっただろう。だが、正直にいえば、たまたまだという気がする。

峯高の死後も、隠居した美恵に頼み込まれ、さゆは奉公を続けた。

けれど美恵の死はあまりにあっけなさすぎて、心の中にぽっかりと開いた黒い穴にさゆは呑(の)み込まれそうだった。

それでもさゆはきっちり、美恵の葬儀の奥を取り仕切った。

その後、奥の諸事を引き継ぎ、さゆは池田家を出た。それからもう半年になる。

さゆは思いをふりきるように小さく息をはくと、『蒲公英』と店の名を黒柿（深く渋いこげ茶）に染めた、鮮やかな山吹色の暖簾をかけた。

「いいかい？」

五つ半（午前九時）過ぎに暖簾をくぐり入ってきたのは、乾物問屋の隠居・伊兵衛だ。福々しい顔に、ぱりっとした紬の着物と揃いの羽織を身につけている。髷は細く、髪は半白。そろそろ六十に手が届く。

「いらっしゃいませ」

伊兵衛は、小間物屋「糸屋」の隠居のふくを見つけると、「あ」と手を上げ、慣れた様子で隣に座った。

蒲公英は八畳ほどの店だ。もともとは六畳の板の間に二畳の土間だったところを、すべて土間に造り替えた。

左奥には、さゆが腰掛けながら団子を焼いたりお茶を淹れたりできる場所を設けてある。沓脱石をはさみ、右奥の飾り棚には、小さな香合と菜の花を生けた水差しが並んでいる。

客は土間に並べられた長い腰掛に座る。店の前にも長腰掛をふたつばかり置いていた。

「お茶と団子を二本、頼むよ」

「かしこまりました」

さゆは、右側の火鉢にかかっている茶釜から柄杓でお湯をとり、湯呑に入れ、小さな急須に茶葉を入れた。

それから白い団子を四個さした串を二本、左側の小さな四角の火鉢の網にのせ、小鍋も火にかけ、たれをあたためる。

適温に冷めた湯を急須に注ぎ、蓋をして待つことしばし。一滴残らず湯呑に注ぐ。

表面が少しきつね色になった団子に飴色のたれをとろっとかけた皿と、湯呑を盆にのせ、さゆは伊兵衛の腰掛の上にすっと置いた。

「お団子は熱いので気を付けて下さいね」

伊兵衛はゆっくり茶を口にふくんだ。香りと味わいを確かめるように、目を閉じる。喉元を通り過ぎるのを待ち、目を開けた。

「上等」

伊兵衛の好みは、湯をほんの少しよけいに冷まし、急須に入れる時間も少し長めにした、まろやかな風味のお茶だ。

一方、ふくは適度な渋みがある茶が好みで、こちらは少々熱めの湯を用い、さっと湯呑に注ぐ。

伊兵衛はみたらし団子も満足そうにほおばった。

蒲公英では、お茶と団子にそれぞれ六文（約百五十円）の値をつけている。

はじめは、還暦間近の女がひとりで茶店を切り盛りし、茶代も団子代も町の相場より高いなんてと、眉を顰める近所の者もいた。

だが町で売られている四文（約百円）の団子は、醤油をかけて焼いただけのものや、みたらし団子と称しても、せいぜい醤油だれにとろみをつけたくらいのもので、さゆの作る甘じょっぱいものとはまったく違う。

　さらに多くの茶店が出すお茶は、やかんに湯と茶葉をいれっぱなしにしたものと決まっていた。今はすたれてしまったが、若い娘がきれいに化粧し、華やかな着物をまとって店先に立つことで評判になった水茶屋でさえ、桜茶、あられ湯をくわえて二十四文（約六百円）から五十文（約千二百五十円）、中には千文（約二万五千円）払う者までいたというのに、茶漉の小笊に茶葉を入れ、上から湯を注いだだけのしろものだった。

　小さな急須で客それぞれの好みに合わせてお茶を淹れるのは、江戸広しといえど、ここ蒲公英くらいだろう。ひとりにひと急須なので、自分好みの味を楽しめるうえ、一煎目、二煎目、三煎目と、甘みや香り、渋み、苦みの変化も味わえる。決して高値ではないと通ってくれる、お茶にうるさい客も少しずつ増えていた。

「器量じゃ、おゆうちゃんが三人の中でいちばんだろう」

伊兵衛の声がした。ふくがうなずく。

「そりゃそうだ。あの娘にかなう者はいないよ。まるでひな人形が歩いているみたいで、女の私も振り返りたくなるもの。色白で、切れ長の目が涼しげで。そのうえ、おっかさんを助けて店に出て。今じゃ、『光風堂』の看板娘だ」

「おきよさんも、いい娘に恵まれてよかったなぁ。あっこの旦那が一年前に急に亡くなって、店がどうなるかと心配したが……、近ごろはおゆうちゃん目当ての客もいるようだし。何にしても、うちの町内から小町がでて、鼻が高いや」

ふたりは、日本橋三人小町として読売に描かれた光風堂のゆうの話をしていた。光風堂は辻ひとつ先にある小洒落た漆器屋だ。

「冷やかしでも何でも客が増えりゃ、売り上げもあがるってもんですよ。そのうち、ここいらは、美人の町といわれるようになったりして」

「おふくさんだって、世が世なら小町だよ」

「伊兵衛さんたら、口がうまいんだからもう」

まんざらでもなさそうにふくが笑って、鼈甲の櫛を髷に挿し直した。ふくと伊兵衛は幼馴染だが、これまでは商売一筋で、何十年と親しくつきあうようなことはなかったらしい。だが、蒲公英に通うようになり、今では隠居同士、気安く世間話をする仲だ。

「おさゆさん、この読売、見た？」

ふくがさゆに、読売を差し出した。

華やかな着物を着た若い娘三人がすました表情で描かれている。真ん中の赤い鹿の子の手絡の娘がおゆうだと、ふくがいう。

「みんなかわいらしいこと」

どの娘も若さに溢れ、甘い香りがする桃のようだ。年頃の娘はただそれだけで美しい。

ふたりに二煎目を淹れると、さゆは断りを入れて水屋に向かった。

今日は朝からふりの客が多く、団子が足りなくなりそうで、昼前に、仕込み直しをしておきたかった。

かまどに薪を足し、湯を沸かしている間に、団子の生地を作る。

大きな桶に上新粉を入れ、水を少しずつ加え、さゆは一気にこねた。団子作りで大事なのは、この勢いだ。

こね終えた生地は、棒状に伸ばし、小さく切り分け、ころころと手の中で丸める。それから蒸籠でこれまた勢いよく蒸し、もくもくと上がる蒸気の中でつやつやと生地が輝けば、火からおろし、うちわで風を送って手早く冷ます。あとは四つずつ串にさすという段取りだった。

「おさゆさん、小夏ちゃんが見えたよ」

ふくの声に小夏の声が続く。

「そっちが終わってからでいいよ。こっちは急ぎの用向きがあるわけじゃないんだから」

店に戻ると小夏はふくの右隣に座り、世間話に興じていた。小夏はさゆと目を合わせ、目尻にしわを寄せて微笑んだ。右の頰にえくぼが浮かぶ。

「小腹がすいちゃった。お茶とお団子一本をお願い」

「ただいま」

小夏のための団子を焼こうとしたとき、ひと仕事を終えた棒手ふりや職人がどやどやと入ってきた。

「団子を二本」

「おれは三本。お茶はいらねえや」

「おいらにも三本、焼いとくれ」

口早に注文を伝えると、男たちは外の長腰掛に座って大声でしゃべり始めた。同じ値段を払うなら団子だけでいいという若い男たちも多かった。お茶を飲まない客は団子を食べたらすぐに席をたつので回転がよく、それはそれでかまわない。

店がわさわさしだしたのを潮に、伊兵衛とふくが帰っていく。

小夏はさゆに、若いもんの注文を先にやってあげてと、目で合図をよこした。さゆは堪忍と口の中でつぶやき、うなずいた。


この表長屋にさゆが蒲公英を開くことができたのは、小夏のおかげである。

池田家を辞したさゆが戻ったのは、本町一丁目にある実家・いわし屋だった。

いわし屋は蘭方の薬も扱う名のある薬種問屋で、店構えも四間（約七・二メートル）と大きく、奥には白壁の蔵が並び、敷地も広い。

兄夫婦はすでに根岸の閑静な隠居所に引っ込んでおり、本町には兄の長男の新兵衛ときえ夫婦、その息子の良衛門と娘の鮎が住んでいた。

隠居所に一緒に住まないかと兄はいってくれたが、さゆは悩んだ末に兄夫婦が根岸に移る前に住んでいた本町の離れに暮らすことを選んだ。

春は桜、夏は蛍、秋は月、冬は雪を愛でるような静かな暮らしまで、もう少し間がほしかった。娘時代に過ごした馴染みある町に、もう一度住み直してみたかった。

甥の新兵衛・きえ夫婦は四十がらみの働き盛り、その長男の良衛門は二十歳、長女の鮎は十六歳と、嫁とり、嫁入りが控えていたが、鷹揚な家風は昔のままで、みな、さゆを快く迎えてくれた。

「叔母上、これまで十分働かれたのですから、のんびりお暮らし下さい」

「おさゆさま、したいようになさって下さいね。池田さまにつかえ、ご苦労なさったのですから」

甥家族は、ことこと煮込んだおかゆのように優しかった。

朝は女中や小僧の足音で目をさまし、女中が運んできた朝餉を食べる。

小僧や手代が蔵と店を行き来し、薬を積んだ大八車が慌ただしく店から出て行く様を目の端で捉えながら、さゆは庭の木や花に水をやり、草をひいたりもした。

夕方になっても、いわし屋から人の声が絶えることはない。帳場から聞こえる算盤の音に急かされるように、勝手を手伝おうとしても、「そんなことは女中がいたしますから」と追い払われてしまう。

池田家では、さゆは早朝から身なりを整え、女中の春とまさを率いて料理を取り仕切り、屋敷を磨き上げた。床の間の折々のしつらえから、客の接待、大勢の奉公人の相談事まで引き受けていた。

それに比べれば、考えられないほど、のどかな暮らしだ。

しばらくは来し方を振り返って暮らすのもいいだろうと思っていたが、十日も過ぎると、歯ごたえがない日常にさゆはすっかり倦んでしまった。

きえの勧めで、書の稽古や川柳の会、万年青が趣味という隠居たちの集まりや芝居見物にも行ったが、おもしろくないわけではないが心が弾むこともない。

やがてそうした会で知り合った同じ年頃の女、男たちが、近くまで来たからと、ちょいちょい本町の離れに寄っていくようになった。そして隣の誰それが滑って転んだというような話をしていく。女は亭主や嫁の悪口、男は手柄話やうんちく話も多い。

みな悪い人たちではないが、興がのるというほどではない。

このまま、時が過ぎるのを待つような暮らしを続け、年をとっていくのか。そう思わずにはいられなかった。

五十五歳という歳になってまで、自分は隠居をしたくないのだろうかと自問もした。

けれど池田家でのさゆの役目は終わったと、誰よりさゆがわかっている。代替わりした池田家では、さゆが女中として一から仕込んだ春が奥をしっかり取り仕切っていた。

独り身を通した自分には、女房や母、祖母という役割もない。いなくても、誰も困らない。しなければならないこともない。

暇つぶしのように思える日々を重ねる中で、次第にさゆの胸がちりちりしはじめた。

町で小夏とあったのは、気晴らしに神田明神に参拝に行った帰りだった。

「もしかして、おさゆちゃん？」

昌平橋を渡ったところで、後ろから声がした。振り返ると、小柄ながらふっくらとした白髪の女が立っていた。

「わかんない？　私よ、小夏。子どものころ、お針と書の稽古で一緒だったでしょ」

笑うと大きな目が糸のように細くなった。右の頰にひとつ、えくぼが浮かんでいる。

さゆの目が驚きで見開かれた。

「小夏ちゃん。わかるわ。……よく声をかけてくれたわねぇ」

「そうじゃないかなって、ずっとつけてきたの、明神様から」

小夏と初めて出会ったのは、さゆが十かそこらのころだ。

小夏は毬がはねているような娘だった。

黒目がちの目がいつもきらきら光っていて、唇を開くや、よく通る高い声が響く。怖いもの知らずで生意気を口走り、師匠にお目玉を食らうこともあったが、明るくさっぱりとしていて、いつもみんなの束ね役を買って出ていた。

今の小夏は身体にはぽってりと肉がつき、背中が少し丸くなっているが、声には相変わらず張りがある。

「何年ぶり？　四十年？　武家奉公したって聞いてたけど。背筋がぴんとしているのはそのおかげ？　まん丸い顔と目はそのままね」

くくくと笑った小夏を、さゆは軽くにらむ。

「ぽんって、呼ばないでよ」

さゆは小夏より、三寸（約九センチメートル）ほど背が高く、すらりとしている。だが狸顔のせいで、狸の腹鼓から連想して、当時、さゆのあだ名はぽんだったのだ。

小夏は人が振り返るのも気にせず、大笑いしながら、さゆの袖をきゅっとつかんだ。

「暇？　これから家に帰るだけ？　だったら、ちょっとうちに寄ってお茶を飲んでってよ。女中さんには、先に帰ってもらって。こんなところで出会うなんて、明神様のおかげよ。いわし屋さんなら、帰りはうちから駕籠ですぐだから」

ぐいぐい手を引っ張っていく小夏は幼いころと変わらぬ強引さだ。

ひとり娘だった小夏は、実家である瀬戸物町の蠟燭問屋「山城屋」に今も住んでいた。

お茶を運んできた嫁にさゆを紹介し、あとは自分でやるからと小夏は人払いした。

婿に迎えた亭主の話、子育て、嫁や孫のこと……聞き上手のさゆに導かれるように、小夏はこれまでの半生を、笑いをまじえて一気に話し倒した。

亭主はまじめがとりえのおとなしい男だったのに、小夏の親が亡くなるや女遊びをはじめ、それなりに苦労もしたらしい。

「でもね、亭主が死ぬときに、これからは商売を息子にまかせて気ままに暮らせといってくれたのよ。それで今は芝居見物に花見やら、箱根で湯治やら……」

「結構なご身分ねぇ」

「人はそういうけど、ふと居心地が悪くなることもあってねぇ」

「あら、なんで？　小夏ちゃんは家持ち娘で、子どもを立派に育て、店も譲り、孫もいるんだもの。ど～んと構えていていいんじゃない」

「そっちだって、ついこの間まで奉公してたんでしょ。たいしたもんよ。大店の娘のおさゆちゃんがさ」

小さくため息をつき、小夏は続ける。

「子どもっていったって、もう三十七よ。私のことなんか年寄り扱いして、いうことなんて聞きゃしない。孫は生意気盛りで寄ってくるのは小遣いがほしいときくらい。好きにしろっていわれて縁側でぼーっとしてたら、あっという間にボケそうだし。遊び歩いても、銭を使うばかりじゃ、張り合いがなくってさ」

「……小夏ちゃんでもそうなの？　私なんて実家に帰ってきたらとんだ浦島太郎だよ」

快活で、何不自由なく暮らしている小夏がさゆと似たような思いを抱いていたのは意外だった。

「役者に首ったけになったり、着物競べに夢中でほかのことは目に入らない、楽しげなばあさんもいるけど、はたから見たらいただけないし……」

「相変わらずの毒舌ね」

くすっとさゆは笑った。すると突然、小夏は内緒話をするように前屈みになった。

「ねえ、子どもの頃、おさゆちゃん、なりたいものがあった？」

首をひねったさゆを見ながら、小夏は続ける。

「あたしんち、男の子いなかったでしょ。物心ついたときからあたしは婿をとって山城屋の跡を継ぐって決められてたの。親が選んだ人と一緒になるって」

「山城屋さんは大店だし、他に嫁に行って苦労しなくてもいいし、親とずっと一緒に暮らせるし、願ったり叶ったりだったじゃない」

「それはそうなんだけど……自分がもうひとりいたら、あんなこともできるのにって、思ったりするじゃない？」

「小夏ちゃんはあったの？　なりたいもの……教えてよ」

さゆがけしかけると、小夏は子どもの頃のようないたずらっぽい目になった。

「いっちゃおうかな」

「何よ、何？」

「……あたしね、手習いのお師匠さんにあこがれてたの」

「へぇ～。ちっとも知らなかった。お師匠さんねぇ……小夏ちゃん、むいてたかも。しゃきしゃきしていて子どもたちに慕われそうだし、しめるところはぴしっとしめそうだし」

「でしょ！　で、おさゆちゃんは？」

「私？」

気の利いたことをいいたいと思ったが、いうことが見つからない。

帰宅してからも考え続けたが、何も浮かばない。

さゆは、なりたかったものや、やりたかったことがいくら考えても思いつかないことに愕然とした。

奉公にいったのは親が勧めたからだ。家を離れるのはいやだったが、武家奉公をする娘はまわりにもいて、そんなものかなと思った。池田家では命じられたことをひたすらやってきた。美恵に「おさゆがいれば、いつだっておいしいものが食べられる」といわれるほどの料理上手になったのだって、なりゆきである。

実を言えば美恵に勝手仕事を割りふられたとき、さゆは困ったことになったと思った。女中が大勢いた実家ではさゆは何もしたことがなく、奉公に出ると決まって包丁の握り方から出汁の引き方まで教えられたが、急場しのぎだった。

だが、料理のさじ加減を覚え、料理が映える器を選び、盛り付けの工夫ができるようになるにつれ、少しずつ楽しくなった。

食通でもある主の峯高が赴任先から仕入れてくる、さまざまな郷土料理の再現をまかされると、さゆはますます料理にのめりこんだ。

けれど、それも巡り合わせで、自分が望んだこととはいえない。

やってみたいと自ら求めるものはないのか。考え続けているうちに、自分という輪郭が薄れていくような気持ちがしてきた。

悩んだ末に、さゆはいわし屋を出て、表長屋に移り住み、茶店をはじめることにしたのである。そう伝えると、兄夫婦も甥夫婦も驚きのあまり声を失った。

「長い奉公から戻られて、まだ半年にもならないのに」

「何もそのようなことをなさらなくても。いわし屋という後ろ盾がありますのに」

「なぜその年で……そんなことを」

けれど年寄りだからこそ、一刻も早く店をはじめたいと言い返すと、兄はしまいに外聞（がいぶん）が悪いと怒り出した。

　生まれてから嫁に行くまでは親の言うままに生き、結婚すれば亭主に言われるままに生き、年老いてからは息子の言いなりに生きるというのが女の生き方とされる。独り身の女であってもそれは同じだ。娘時代は親に、親が亡くなれば兄や甥によりかかって生きることを暗黙のうちに求められる。

　けれど、さゆは本気だった。

　いわし屋の離れで、上げ膳据え膳で暮らしていたら、やがて退屈にも慣れて、いつしかその中に呑み込まれてしまう。うじうじ悩んでいるうちに、きっとそうなってしまう。

　どうしていいかわからないときは、とにかく手を動かすことだ。

　やりたいことがなければやれることをやろうと、さゆは腹をくくったのだった。供（きょう）するのはお茶と団子だけ。それならば、ひとりでも小さな茶店くらいはできるだろう。とりあえず損をしなければいい。幸い、池田家からはまとまったものをもらっているし、独り身の娘を案じた親が残してくれたものもある。

　このとき、さゆが相談したのが小夏だった。小夏は話を聞いて目を丸くしたものの、数日して、この表長屋を探してきてくれた。

　本小田原町は江戸の流通の要ともいえる町で人通りも多い。番小屋が隣という独り身の女にはありがたい立地でもあった。差配人は、店子が小夏の知り合いなら、裏店並の店賃でいいともいってくれた。

　以前は年寄り夫婦がザルや籠を売っていたという店と住まいは古びており、畳や建具などの手直しは思わぬ出費だったが、一ヶ月前にさゆは蒲公英をなんとか開店することができたのである。

「昔からおまえは意気地のある娘だったからな」

　兄は開店の日に夫婦揃ってあらわれ、団子をほおばりながらあきらめたようにいった。

「ああ、おいしかった、ごちそうさまでした」

　小夏は団子を食べ終え、お茶を飲み干すと、四文銭を三枚、さゆの前の卓におき、立ち上がった。

「毎度ありがとうございます」

「お団子もお茶も評判よ。さすがお旗本の池田さま仕込みね」

小夏はさゆに顔を寄せ、あっけらかんといった。

「小夏ちゃん！　それは……」

さゆはあわてて人差し指を口元にあてた。はっと小夏が口を手でおさえ、肩をすくめる。

自然に出自が知れるのは仕方がないが、小夏には口止めをしていた。

隠居するような年で茶店を新たに開いたというだけで、すでにいろいろと詮索をされている。誰もが知る大店の生まれで、長く武家奉公をしたことなど、伏せておくに限る。

この町でさゆの素性を知っているのは、小夏と差配人、岡っ引きの友吉だけだ。

「ところで、その鮫小紋、いいわね。上物だってひと目でわかる。白い髪に大粒の翡翠のかんざしも、洒落てるわ」

「ありがと」

さゆが身につけているお納戸色の鮫小紋の着物と、細縞の名古屋帯は渋好みの母の、髪に挿している翡翠のかんざしは美恵の形見だった。

「前掛けと襷が、よく目立つこと」

途端にさゆの眉が八の字になった。前掛けと襷は、蒲公英の黄色を模した暖簾の色とよく似た山吹色だ。

「やっぱり。……染め直したほうがいいかしら」

この年で茜襷でもあるまいと、山吹色に染めてもらったのだが、仕上がったものをみて、目にしみるような色合いにぎょっとなった。とりあえず、身に着けてはいるものの、気後れする気持ちが消えない。

だが、小夏はくったくなくいう。

「商い用は派手なくらいがいいの。いかにも蒲公英って気がするじゃない。おさゆちゃんは上背があるから、意外に似合ってるわよ」

小夏に勢いよく肩をたたかれ、さゆは苦笑した。

「泥大島（紬）に染め名古屋を合わせる小粋な小夏ちゃんに、似合っているっていわれたらよしとしますか」

「お上手なこと。いったいどこで覚えてきたのやら」

肘をつっついて小夏はクスッと笑い、じゃあねと戻っていった。

夕方、暖簾をしまおうとさゆが外に出ると、西の空がほんのり紅色に染まっていた。

通りにはまだ人が絶えない。このあたりの商家はとっぷり日が暮れるまで店を開けていて、最後の買い物客まで逃しはしない。

そのときぱたぱたと足音が聞こえたと思うや、女が思い切り、さゆにぶつかった。とっさに戸口につかまったものの、さゆは身体を戸に強くぶつけ、一瞬ふらっとした。

　それでも、さゆは尻餅をついた女に自分から声をかけた。

「ご無事ですか?」

　あわてて立ち上がった女は、さゆを見て、きょとんとした顔になった。

　女の目に映っているのは、派手な前掛けと襷をかけて、戸枠にしがみついている白髪頭の頼りなげなばあさんだ。

「申し訳ありません。前も見ずに走って……そちらさまこそお怪我は……」

　女は眉間に皺を寄せ、気遣うようにいう。年寄りが骨を折ったりでもしたら大ごとだと顔にかいてある。

「私はなんとか……どうぞお気遣いなく」

　気の毒なほど恐縮している女を慰めるように、さゆはいった。

　女は漆器屋・光風堂のおかみ、きよと名のった。うりざね顔で、はっとするほど目鼻立ちが整っている。今朝、伊兵衛とふくが話していた日本橋小町のゆうの母だとぴんときた。

「私は先月からここで茶店を営んでいるさゆと申します。お急ぎでしょう。どうぞお気になさらずいらして下さいな」

「ご親切に」

だが、きよはもと来た道を戻っていく。さゆは思わず、きよの背中に声をかけた。

「あの、そっちでいいんですか」

「……もう、いいんです」

心なしか、きよの後ろ姿がしぼんで見えた。

前も見ずに走ってきたきよの用件は結局、たいしたことではなかったのかといぶかりつつ、暖簾をおろそうと手を伸ばした瞬間だった。

「あ、いっ……」

腰に痛みが走り、さゆは柱に手をついた。ぶつかったはずみで、腰を痛めたようだ。やれやれと、さゆは弱々しくため息をついた。

隣の金魚の売れ行きはかんばしくないらしく、民は毎朝、焼き芋から金魚に替えるのが早過ぎたとぼやいている。

桜の花の頃は暖かくなったかと思えば、寒気がぶり返す。その日も灰色の分厚い雲が陽を遮（さえぎ）り、底冷えが強かった。

「う～寒い。まるで冬に戻ったみたい。これじゃ、桜のつぼみも首をすくめるってもんよ。いつになったら花見ができるやら」

襟元をかき合わせながらやってきた小夏は、ほっこりとぬくもった蒲公英に入ると、やっと頬を緩めた。

「腰の具合はどう？」

腰掛に座るなり、小夏はいった。

「……起きるときと団子をこねるときがねぇ」

「腰骨のところを腰紐でぎゅっと結んでる？」

「もちろんよ。おかげで動けてるようなもんで」

「なら、そのうち治るわ」

小夏はあっさりという。小夏が腰痛を経験ずみなのは間違いなく、さゆに同情する気配はまったくない。だいたいこの歳で、腰痛知らずはそういない。それに、小夏もさゆも、あちこちが痛いという話題しかない年寄りではなかった。

注文のお茶と団子を出すと、「いただきます」と小夏は両手を合わせた。

お茶を飲み、団子をひとつ食べ、顔をあげる。

昼の客が一段落したところで、ほかに誰もいなかった。

「ねえ、知ってる？　このところ、光風堂のおきよさんが店にいないことがあるんだって」

「風邪でもひいたんじゃないの？　こんな陽気だし」

そういって茶釜の前に戻り、腰掛に座ろうとしたとき、ぎくっとさゆの腰が痛んだ。この腰痛はきよがぶつかったためだとは、小夏に打ち明けていない。

ただ、なかなか治らないのはさゆ自身のせいでもある。慎重にそろそろと立ったり座ったりすればいいものを、たった今、腰痛の話をしたばかりなのに、いつも通りしゃかしゃか動いてしまい、痛みが走って、ああ、腰が悪かったのだと思い出すのだ。

「そうなのかなあ。風邪ならまとめて休むんじゃない？　休んでも三日四日だろうし。これまではおきよさん、根っこをはやしているみたいに毎日、帳場にいたのよ。ご亭主が亡くなってからはずっと。それに、おゆうちゃんがしょっ中、目のまわりを赤くしてるって話もあるし」

小夏は二個目の団子をほおばった。

「日本橋小町の？」

「そう！」

あの日、家に戻るきよの後ろ姿がしょんぼりしているように見えたことを、さゆは思い出した。

「何かあったのかしら、光風堂さんで」

「どうしたのかしらねぇ」

さゆは曖昧に口を濁した。

開店してひと月、馴染み客も増え、客同士、問わず語りをするようにもなってきたが、話が膨らんでも、話をふられても、さゆは聞き役に徹している。この店をはじめたときに、そう決めたのだ。

もちろん小夏とは踏み込んだ話もするが、きよが元気がなかった気がするなどと、いい加減なことをいうわけにもいかない。きよとはあのときに一度会ったきりなのだ。

「おゆうちゃんが婿を迎えたら、おきよさんもほっとするんだろうけど。商売熱心で、女癖も酒癖も悪くなく、博打にも手を出さない立派な婿なんて、なかなか見つからないだろうし。そのうえ、あそこには口うるさいことでは町で一、二を争う姑のお静さんまでいるから」

この町で生まれ育った小夏は事情通だった。

光風堂の亭主・平太郎は、一年前、突然倒れ、その三日後に、みまかってしまったという。医者の診立ては、心の臓が弱っていたというものだった。

「おきよさんは、平太郎さんが漆器の仕入れに行った先で見そめた人で、お静さんの反対を押し切って一緒になったのよ。先代の旦那は平太郎さんが八つか九つのときに亡くなって、お静さんは店を守りながら、手塩にかけて平太郎さんを育ててきたからねぇ。お静さんは自分の目にかなった、それなりの商家の娘を迎える心づもりだったんでしょ。ところがおきよさんときたら漆器職人の家の生まれで、商いのことなど何一つ知らなくて、当初はずいぶん苦労したらしいよ」

平太郎を失った姑の静の嘆きはすさまじかったという。ひと目をはばからず、身をよじって泣き続けた。

やり場のない静の苦しみは、やがて嫁のきよに向けられた。

――平太郎の助けになる嫁だったら、こんなことにならなかった。

――おまえと一緒になったから、平太郎は早死にした。

平太郎が倒れたのはきよのせいだと、静はきよを責め続けた。

「光風堂が今も変わりなく続いているのは、おきよさんのおかげなのに、お静さんは文句ばっかりいって。自分も早くに亭主を亡くして同じ苦労をしてきたのにさ。あれじゃ、おきよさん、針のむしろだってもっぱらの噂よ」

息子を失った静の辛さ、そしてひとり江戸に出てきて平太郎しか頼る者がいなかったきよの悲しみ……。さゆはたまらない気持ちになった。

夕方、さゆは暖簾をしまうと、つい気になって光風堂に足を向けた。さゆは漆器と瀬戸物には目がなく、光風堂は以前から覗いてみたいと思っていた店でもあった。

光風堂は、間口二間（約三・六メートル）のこぢんまりとした店だった。だが土間は奥に長く、壁の両側の棚、中心におかれた細長い台に品良く漆器の数々が並べられている。

小上(こあ)がりにしつらえられた簡易の床(とこ)の間には、白木蓮(はくもくれん)の掛け軸がかけてあった。木蓮は桜と時期を同じくする花だ。春の訪れに心躍らせているかのように枝に止まっている青い鳥はコルリだろうか。

その小上がりの奥の帳場にきよはいた。きよの姿を見て、さゆはちょっとほっとした。きよは、大福帳(だいふくちょう)を開いているようだった。

「いらっしゃいませ」

小僧の声に顔をあげたきよは、さゆに気づくや、草履をつっかけて土間に下り、駆け寄った。

「いらっしゃいませ。……その節(せつ)は大変失礼いたしました」

顔色は冴(さ)えないが、愛想良くいう。

「一度、こちらのお店の品物を見せていただきたいと思っていたんです。やっと伺うことができました」

「どうぞどうぞ、ごゆっくりご覧になって下さい」

輪島(わじま)のお椀や重箱(じゅうばこ)、会津塗(あいづぬり)のお盆……どれも使い勝手が良さそうだ。

さゆの目をひいたのは、直径四寸（約十二センチメートル）ほどの五枚組の茶托(ちゃたく)

だった。黒の漆の下に赤が透ける独特の地色で、蒲公英の綿毛が金で描かれている。

「これ、手にとってもよろしいですか」

「もちろんです。さ、どうぞ」

茶托を絹地にのせ、きよはさゆの手の平においた。

「きれいねぇ……越前塗りかしら」

きよがはっと顔を上げ、さゆの目をのぞきこむ。

「おわかりになりますか」

「溜塗でしたっけ」

「まあ、よくご存じで……赤色で中塗りした上から半透明の黒色で上塗りをしているんです。使い込むうちに漆が透けてきて、赤色が強くなります。絵柄は彫ったところに金粉を埋め込んでおります」

「沈金ですね」

また、きよが目を見張る。

さゆが越前塗りに詳しいのは、奉公先の池田家の先代峯高が佐渡奉行のときに、越前塗りを一揃え、持って帰ってきたからだ。

峯高は下田奉行、長崎奉行なども歴任し、そのたびに土地の名物を求め、奥様の美恵とさゆにそのうんちくを語って聞かせた。溜塗も沈金も、実物を前に、峯高は持ち味から手入れの仕方、由来まで説いた。美恵も溜塗の銘々皿を気に入り、愛用していた。

「お気に召しましたか」

じっと茶托を見つめながら、さゆがうなずく。

「ええ。とっても。この蒲公英の綿毛のなんて繊細な……。いかほどでございますか?」

「五枚で銀十六匁（約四万二千円）になります」

一瞬、一本六文の団子を何本売らなければならないかと計算した。銀一匁は百五文。団子二百八十本分だと思ったら、頭がくらくらした。それも材料費抜きでだ。

だが、蒲公英の柄の茶托など、滅多にお目にかかれない。

「いただきますわ。お店を開いた自分へのご褒美に。ちょっと贅沢ですけど、たまにはいいでしょう」

さゆがさらりというと、きよは驚きの表情になった。茶店のばあさんが気軽に買うような品物ではない。すぐに顔を和らげたのは、商売人ならではだ。

「では開店祝いに少し勉強させていただきます。十四匁でいかがでございましょう」

「あら嬉しいこと」

そのときだった。奥から険のある声が聞こえた。

「おきよ！」

きよは瞬時に頬をひきつらせ、小僧に目配せする。

「大女将さん、女将さんは今お客様と……」

早足で奥に向かった小僧の声に、つけつけとした声がかぶさる。

「足が痛い私を放ったらかして……ああ、早く平太郎のそばに行きたい」

唇をかんでうつむいたきよに、さゆは何も聞こえなかったように明るく話しかける。

「あいにく本日は持ち合わせがなくて……明日か明後日、代金を持ってもう一度まいります。そのときまで、とりおきをお願いできますかしら」

「代金はあとで結構でございますよ。どうぞ品物は本日、お持ち下さい。……明後日でしたら、お店まで私がいただきにまいります」

「では、お言葉に甘えて」

きよはうなずくと、小上がりに戻り、茶托を木箱にいれ、風呂敷で包んだ。

「風呂敷は明後日お返しいただければ結構です」

さゆが茶托の入った風呂敷包みを受け取ったときだった。

「おっかさん、起きていて大丈夫なの？　無理したらダメだってお医者さまもいっていたじゃない」

女中に付き添われて店に入ってきた娘が、きよに駆け寄った。色が抜けるように白く、黒目がちの切れ長の目が美しい。形よい眉が心配そうにくもっていた。

「おゆう、お客さまですよ」

きよは穏やかに、ゆうをたしなめる。

「あ……いらっしゃいませ」

ゆうはあわてて、さゆに頭をさげた。

「お母さんに似て、ほんとうにおきれいですこと。はじめてお目にかかります。私は番小屋の隣で茶店をやっているさゆと申します」

意外なものをみるように、ゆうは目を見開いた。

「茶店のおかみさん？　まるでお武家さまのような……」

あっ、とさゆは心の中で舌打ちした。四十年も武家奉公をしたために、うっかりすると茶店のおかみさんにはそぐわない、武家風の堅苦しい話し方になってしまう。

「……それでは明後日」

さゆは早々に店を後にした。

夕暮れの道を歩きながら、やはりとさゆは思った。きよは不調を抱えている。あの日、きよは前も見ずに、走っていた。おそらく行き先もないまま、通りをかけていたのではないか。何かから逃れたかったのではないか。

お節介はいい加減にしないと、と思いつつも、考えずにはいられなかった。

翌日の夕方、そろそろ暖簾をおろそうかと思っていたところに、ゆうが女中と共に店に入ってきた。ゆうは女中と並んで腰掛に座ると、物珍しそうに店内を見回した。

すでに卓の上、飾り棚の上の行灯に火をいれている。

「小粋なお店……ね、おあき」

「こんな団子屋、江戸でねえと、お目にかかれねえ」

おあきとよばれた女中がこくんとうなずく。まだ江戸に来て間もないのか、お国訛りが残っていた。ゆうに比べ、背も低く顔も幼い。十二、三歳くらいのように見えた。

ゆうは団子とお茶を二人分頼んだ。

お針の稽古の帰りだという。

せっかく光風堂のゆうが来てくれたのだ。さゆは昨日求めた茶托をおろすことに決めた。

「まあ、これをお買い上げ下さったんですか」

ゆうはひと目で、茶托が自分の店のものだと見て取った。茶托を持ち上げ、改めてじっくりと見つめる。

「越前塗りの溜塗……おっかさんがうれしそうにしていたわけだわ。これ、おっかさんの兄さまが作った茶托なんです」

「まあ、それじゃ、おきよさんは越前の出なんですか」

「ええ。越前は遠いでしょう。あたし、向こうの親戚には一度も会ったことがないんです」

「気軽に行き来できる土地ではありませんものねぇ」

さゆは団子をあぶり、たれをたっぷりかけてふたりに差し出した。

「うんめぇ……甘くてしょっぱくて、もっちもちして。こんな団子ははじめてやが」

かぶりついたあきが、思わずつぶやく。

「ほんとね。お砂糖がたっぷり入っている」

「ほっぺたが落ちそうだ」

さゆが砂糖をふんだんに使えるのは、実家のいわし屋から分けてもらっているからだ。砂糖は薬種問屋扱いだった。

「おあきちゃんはいつ江戸に?」

「半年前（はんとしめぇ）に」

「お国はどちらですか」

「越前の鯖江（さばえ）。山のほうです」

「親元から離れて、寂しいこともあるでしょう」

あきは首を横に振り、江戸では毎日米を食べられるし、おかみさんも優しいから
さほど田舎が恋しくはならないと健気に続けた。

それは若さだと、さゆは微笑んだ。さゆも池田家に入った当初こそ、家が恋しか
ったが、新しい世界に慣れるのに必死になるうちに、寂しさを忘れた。

若いときは未来をみつめる。未来のほうがこれまでよりもずっと長いから。

そのときだった。

「おあきは、うちのおっかさんみたいにならないようになさいよ。……おっかさん
は苦労するために江戸に出てきたようなものだもの。商家のおかみさんなんて名ば
かりで、朝から晩まで働き尽くめで、ばあさまには文句をいわれっぱなし。頼りに
していたおとっつぁんに死なれた上に、両親の死に目にもあえなくて。……もし実
家でなにかあったら、おあきは何もかも放り出して、家に帰っていいんだからね」

突然、ゆうは怒ったようにいった。

そのまましばらくゆうは、思い詰めた表情で唇をかんでいたが、やがて顔を上
げ、さゆを見た。

「おとっつぁんが亡くなった三月後に越前に住むじいさまが、またその二月後には
あさまが死んだんです。具合が悪いという文が届いていたのに、おっかさんは、越

前に帰らなかった。店には番頭がいるし、ばあさまの面倒はあたしがみるといったのに……」

「一年のうちに大切な人を三人も……おきよさんはさぞ、お辛かったでしょう」

立ちいったことはいうまいと思っていたのに、気がつくと、さゆはそう口にしていた。ゆうはこぶしをきゅっと握った。

「おっかさん、おとっつぁんが亡くなったときは、顔をあげてがんばっていたのに、このところ人が変わってしまったみたいに、めそめそしてばかり。……あたしの顔を見れば、大事な人がこの世からみないなくなっちまった、自分も本当に生きているのかどうかわからないなんて繰り言ばかりぶつけてきて。あんなにぐちぐちいうくらいなら、越前に帰ればよかったのに。それなのに、ばあさまはそんなおっかさんに相変わらずいいたい放題で……」

ふっと鋭く息をはくと、ゆうは低い声で続けた。

「娘のあたしのことなんて、おっかさん、どうでもいいのよ。おっかさんにとって大事なのは、越前の両親や死んだおとっつぁんだけ。あたしでは、おっかさんの生きるよすがにはなれないんだ」

さすがに放っておけず、さゆは首を横に大きく振った。

「そんなこと。……おきよさんにとって、おゆうさんは一等大事な人ですよ」

「それなら、なぜおっかさんは、あたしにだけ恨み言をいうの？　あたしが辛くなるようなことばかりいうの？　あたしが何をいっても聞いてくれないの？」

ゆうは声を荒らげ、強い目でさゆを見た。

「……おきよさんは、おゆうさんに甘えているんでしょう」

「甘えてる？　おっかさんがあたしに？」

「安心して甘えられるのは、おゆうさんだけだから」

大事な人であればあるほど、その死は受け入れがたい。

ゆうは、きよが沈んでいるのは、実の親の死に目に会えなかったからだと思っているようだが、それだけが理由ではないだろう。たとえ最後に顔を見ることができたとしても、辛さや悲しみ、心の痛みは簡単には遠のいていってはくれない。亡くなってすぐよりも、ちょっと時間がたったころのほうがもっと辛くなったり悲しくなったりする。

怒りや腹立ちが心に渦巻いてきたりもする。

すべてを呑み込み、気持ちが乱れなくなるまで、心に蓋(ふた)をしていられたらいいのに、そうはいかないから苦しいのだ。

姑の静は平太郎の死がどうにもならないことだとわかっていても、嫁のきよに暴言をぶつけずにいられない。静に言い返すことができないきよは、ずたずたになった思いをゆうにはきだしている。ほかの誰にもいえないことを、娘だけに。

ゆうがやりきれない思いになるのも道理だ。だが、そのことを思いやる余裕は、今のきよにはないのだろう。

「娘のあたしに甘えてる?」

「誰だって、甘えたくなるときがあるもの」

「そうなのかな、おっかさん……。それでも、愚痴ばっかりいっているおっかさんはやっぱりいやだ。いやだいやだ……」

ゆうは白く細く長い指で、目に浮かんだ涙をぬぐい、さゆを見た。

「おさゆさんも、そんなことある?」

「そんなことって?」

「甘えたくなること」

「そうね……甘えられる人がいたらいいのにね」

上目づかいでさゆを見つめ、ゆうはくすっと笑った。

「大人なのに」

「ずいぶん長く生きてきた大人だけど」

さゆは店の前までゆうを見送った。ゆうはさゆに向き直ると、はにかむような表情になった。

「……このことは……」

さゆは口に人差し指をあて、わかってますようなずいた。

「またお顔を見せて下さいね」

「越前のばあさま、とても優しい人だったんですって。おさゆさんみたいな人だったのかしら。すっかり打ち明けて、甘えさせてもらいました。おさゆさん、堪忍してね」

ゆうは一礼して、あきと肩を並べて帰って行った。

私はばあさんかと、さゆは苦笑した。だが、ほんの少しでもゆうの気持ちがやわらいだとしたら、ばあさんになったかいもあるというものだ。

その晩、さゆはたくあんを薄切りにし、水にさらし、塩抜きをした。

翌日、きよはなかなか姿を見せなかった。最後の団子も売り切れてしまい、暖簾をおろし、茶托の代金を光風堂に届けなくてはと思ったとき、ようやくきよが顔を出した。

「遅くなってしまって……」

「お忙しかったのでしょう。こちらから伺おうと思っていたところでした。どうぞ、お座り下さいな」

腰掛に座ったきよに、さゆはきちんとたたんだ風呂敷と銀十四匁をさしだした。きよは銭をおしいただいた。

「お買い上げいただき、ありがとうございます。確かに、代金を頂戴しました」

それからきよは、ちょっとはじらうような表情になった。

「あの……お団子、いただけます？　ほんとうにおいしいって、久しぶりにおゆうが笑顔をみせたんです」

さゆは困った顔になった。

「ぜひ食べていただきたいんですけど、今日はもう終わってしまって。でも、お茶はどうぞ飲んでいって下さいな。あの茶托で」

心身が疲れているきよには、甘いまろやかなお茶がいい。ぬるいと感じるほどじっくり冷ました湯を用い、急須をゆすらないよう、静かに湯呑に注いだ。

きよは、ほれぼれと茶托と湯呑を眺めた。湯呑は白地で赤の小花の文様が描かれている。

「有田の錦唐草ですね。かわいらしい。この茶托によく映えること……」

「茶托の下地の赤と絵柄の赤が合いますでしょう。おきよさんとおゆうさんがいらしたときには、この茶托をお出ししますね」

きよはうれしそうにうなずき、湯呑をとる。

「……まさに甘露ですわねぇ。お茶が身体にしみていくよう……」

さゆはちょっと失礼しますと、きよに断り、奥にひっこむやお盆に小鉢を載せて戻ってきた。きよの腰掛の上に箸と小鉢をおいた。

きよが目をみはった。

「これは……」

「おきよさんが越前の出だとおゆうさんにお聞きしたので、お好きかも知れないと思って……」

「私のためにこれを？　まさかおさゆさんも越前なんですか？」

驚いたように、きよがさゆを見つめる。

「いえいえ、この料理を教えてくれた人がいて……一度食べたら私もやみつきになってしまって、ときどき作るんですの。ご実家の味とは違うかも知れないけど」

古たくあんの煮物だった。

びりっと塩辛いたくあんを薄切りにして何度も水を替え塩抜きして、たっぷりの水と火にかけ、茹でこぼすこと数回。独特の臭いが消えたら、出汁と味醂、醤油、鷹の爪を加え、弱火でコトコト煮て作る越前の郷土料理だ。

越前に赴任した峯高がことのほか気に入り、作り方を聞いて戻ってきて以来、池田家の定番の総菜のひとつとなった。

味をいとおしむように、きよは、たくあん煮をゆっくり食む。また箸を伸ばし、目をつぶり、確かめるようにかみしめる。

目の縁が赤くなったと思うや、きよの目に涙が盛り上がった。

「江戸に来て十八年、たくあん煮をはじめて食べました。……ばあさまやおっかさん、おとっつぁん、兄ちゃんや妹と、囲炉裏を囲んでいた幼い頃が目に浮かんできて……」

ぽろぽろと大粒の涙がこぼれる。

「こっちに来てこれだけ年月がたって、子ども時代のことなど思い返すこともなかったのに、すっかり忘れていたのに……私のここに残っていたなんて」

きよは右のこぶしで胸をとんと叩く。

「ばあさまもおっかさんもおとっつぁんも亡くなって……死に目に会えないのは江戸に嫁に来たときに覚悟していたんです。でも、その知らせを受け取ったとき、なんだか自分の足元がぐずぐずと崩れたような気がして……。それからというもの、親が死んだことも、亭主が生きていたことも、自分が今こうしていることも、みな、おぼろに思えてきて」

きよの頬に涙が伝っていく。

さゆは、きよの気持ちがわかるような気がした。

同じような思いをしたことがある。

美恵が死んだとき、美恵と共に過ごした日々も失われたような気がした。人など泡沫（うたかた）のようなものに思え、限りある命を生きるのがむなしくなった。

「おきよさんのお母さん、お優しい人だったんですってね。おゆうさんがいってました」

「……おっかさんは、漆器職人の娘でした。いくら腕がよくても職人なんてたいして儲（もう）からなくて、食べるので精いっぱい。だからおっかさん、漆器職人とだけは夫婦にならないって娘のころは思っていたんですって。それなのに、おとっつぁんと一緒になることになって。……でも、私が平太郎さんに嫁ぐために江戸に行くとき、おっかさんは私に、おとっつぁんの女房でよかったっていったんです。そう、なんだか晴れ晴れとした顔で。漆器の良し悪し（よしあし）がわかるから、おとっつぁんをいつだって励まし力づけることができたって。何より、兄ちゃんと私と妹に恵まれて、幸せだって。……おまえも、平太郎さんを元気づけ、いたわれる女房になりなさい、子どもを大事に育てなさいって。それから……江戸と越前は遠いから、親孝行ができないと自分を責めたりしないようにって。親孝行の代わりに子どもをかわいがって子孝行をしてやってくれって……」

「まあ、そんなことを……」

後から後から記憶が蘇ってきたのか、きよの口は止まらない。

「控えめで物腰も柔らかいけれど、おっかさんは芯が強くてね……負けないって、よくいっていたんです。貧乏にも、ばあさまにも。実家のばあさまも、こっちのお姑さまと同じくらい厳しくて。今の私ならわかる。おっかさんが負けないっていった気持ちが。……おっかさんもがんばって生きてきたんだってことも」

さゆは二煎目をきよの湯呑に注ぎながら、静かにいう。

「おきよさんと会うのはまだ三回目ですけど、なんだか、お母さんとおきよさん、よく似ている……そんな気がしますよ。おとなしく、優しげなのに、おきよさんは平太郎さんが亡くなってからひとりで立派に店を切り回して、おゆうさんを育て、お姑さんのお世話もなさって……芯が強くなければ、とてもできることではありませんもの」

きよが顔をあげた。何かをいいかけて、きよはまた口を閉じた。それから両手をしっかり合わせて「ごちそうさまでした」と、深々と頭を下げた。

数日して、江戸の桜がいっせいに花開いた。

蒲公英の常連たちも、やれ上野は見事だったとか、やはり飛鳥山に限るなど、花見の話で持ちきりだ。

店を開いたばかりで、今年の花見はあきらめるしかないとさゆは思っていたのだが、小夏は納得しなかった。

「四十年ぶりにあったのに一緒に花見をしないなんて……。この歳で、いつかとか、そのうちとかいって先送りにしたら、次はないかも知れないのよ。行きましょうよ。おさゆちゃんと桜が見たいの。店を休めないのなら、早じまいすればいいじゃない。常連には前もって断っておけばいいわ。花見に文句をいう野暮天なんていないわよ」

その日、さゆは九つ半（午後一時）に暖簾をおろし、小夏と共に舟で出かけた。

舟から見る墨堤の桜並木はえもいわれぬ美しさだった。美恵との去年の花見、さらには娘時代に親や兄と見た桜のことまで……まぶたの裏にありありと蘇ってくる。

向島の土手で舟をおり、さゆは小夏と桜の下を歩いた。

墨堤の桜は八代将軍徳川吉宗が植えさせたものだ。花見に人が集まれば堤が踏み固められ強くなるという思惑があったともいわれる。

なるほど堤の上は浅草や両国広小路もかくやと思われるような混雑ぶりで、食べ物や酒を売る屋台が並び、あたりは毛氈を敷いて弁当を広げる人たちでいっぱいだ。酒を呑み、歌を口ずさみ、浮かれている者もいる。

と、さゆは足を止めた。

「どうしたの？」

小夏が振り返る。

「あそこ、見て」

「あれま。……光風堂さんじゃない」

さゆがそっと指さした先に、きよとゆう、姑の静が女中のあきと共に、弁当を広げていた。

小夏が信じられないとばかり、目をこする。

「おそろいでどうしたっていうの？　お静さんまで。こりゃ、雪でもふるんじゃない？」

昨日の午後、きよが蒲公英に顔を出したときのことを、さゆは思い出した。

きよは蒲公英でたくあん煮を食べてから、平太郎が好きだったおかずを時折、作るようになったという。

特別なものではない。鰯の梅干し煮、菜の花の辛子和え、小松菜と油揚げのさっと煮、ちくわの輪切りを入れたおから……。

そのお菜を前にすると、「これ、おとっつぁんが好きだったね」「あの子は小さい頃から、これに目がなくって」と、ゆうや静と平太郎の思い出話がはじまるのだと、きよはしゅんと鼻を啜った。

――これまであの人が死んだことを嘆いてばかりだったのに、おゆうやおっ姑さま、そして私も、泣き笑いして。そうしているうちに、あの人はこれからも私たちを励ましてくれるんだなって思えてきたんです。越前のおっかさんやおとっつぁんも、この世からいなくなっても、きっとそばにいて私を見守ってくれるって。……今もおっ姑さまの剣突（けんつく）は相変わらずですけど、前ほどではないようにも思うんですよ。油断は禁物ですけど。

そういって、きよは微笑み、肩をすくめた。

――いわれてもいいんです。小言と雷（かみなり）をとったら、おっ姑さまじゃありませんから。私も負けるつもりはありませんし……。

そしてきよは、明日、平太郎の好物を重箱にぎっしり詰め、去年、平太郎とともに見た桜の下で花見をするといったのだ。

ふたりの視線に気づいたきよが、口元に笑みを浮かべ、会釈した。ゆうも白い歯を見せ、頭を下げている。

きよがゆうに思いのたけをぶつけるのは、そう簡単には収まらないかも知れない。きよの気持ちが癒（い）やされ、しっかり落ち着くまでには、やはり時がかかるだろう。

それでも、薄皮がはがれるように少しずつよい方向にいきそうな気がした。

礼を返し、さゆたちはまた歩き始めた。

ほろほろと桜の花びらが風にのり、舞っている。咲いたかと思うと、すぐ散る。それが桜のいいところで惜しいところだといったのは、美恵だっただろうか。

そう思った途端、また懐かしさがこみあげ、さゆの鼻の奥がつーんとした。

桜が特別な花だとされるのは、桜にまつわる思い出が心の内にたくさんしまいこまれているからではあるまいか。

花に酔いながら、この世に生まれ、さまざまな時をさまざまな人と過ごしてきたことを、人はそれぞれ思い起こすのではないだろうか。

きよとゆう、そして静も、平太郎と過ごした時を恋しく思い出しているに違いない。花の下で、平太郎が好きだったものを食べながら。

思い切って蒲公英を開いてよかったと、さゆは思った。

茶店に決めたのは、気楽に人が集える場所だからだ。団子を焼きながら、お茶を淹れながら、人々がどう生きているのか、さりげなく見ることができる。

なりたいものや、やりたかったことを、さゆは自分の中に見つけることはできなかったけれど、蒲公英でさまざまな人と関わるうちに、心が動くような何かに出会うかも知れない。そんな淡い思いを抱いて、踏み出したのだ。

水色の空から降り注ぐ光が温かい。

「ねえ、せっかくだもの。長命寺にお参りして、桜餅を食べようよ」

小夏がいった。長命寺は、隅田川七福神のひとつで弁財天がまつられており、その井戸水は長命水とよばれ、三代将軍家光の病を快癒させたといわれる。

「そうね。長生きと商売繁盛をお願いしなくちゃ」

「まあ、おさゆちゃん、もっと長生きするつもり」

「まだ蒲公英をはじめたばかりだもの。小夏ちゃんはお願いしないの？」

「あらあたしだって、元気で長生きするように、お賽銭をはずみますよ！」

歯切れよくいって、小夏は足をはやめた。

なんでもないこんなときがとても愛おしいと感じるのは、年の功だろうか。

強い風が吹き、さゆの髪を乱したかと思うと、桜の花びらがいっせいに散った。

思わず足を止め、桜を見上げたさゆに小夏の声が飛んでくる。

「のんびりしてる場合じゃないわよ。急がないと、桜餅、売り切れちゃうから」

さゆは苦笑して、小夏を追いかけた。

第二話　蕗(ふき)に筍(たけのこ)、宵(よい)の風

桜が散ったあたりから雨の日が続き、このまま梅雨(つゆ)に入るのではないかと思うほど、春は名のみの鬱陶(うっとう)しい天気が続いた。

その朝、久方ぶりで青空がのぞいた。

「ようやく雨があがりましたね」

「よく晴れてまぶしいこと」

木戸番(きどばん)の女房・民(たみ)が空を見上げて目を細める。

さゆはお天道様(てんとうさま)に向かって手をあわせた。

手早く店の前に箒(ほうき)をかけ、さゆは勝手に回った。すでにかまどから白い湯気が立ち上っている。生地をこね、団子に丸めたものを蒸してから四個ずつ串にさし終えると、さゆは再び店の前に立ち、張り切って暖簾(のれん)をかけた。

けれどその日は、客の数はいつもほどではなかった。

やっと訪れた晴天なので、商人は日延(ひの)べしていた得意先に足を伸ばし、人足たちは荷揚(にあ)げに精をだし、棒手(ぼて)ふりは声をはりあげながら町をまわっていて、お茶など飲んでいる暇がなかったのだろう。

「こんな日もあるわね」

夕方、さゆはいささかがっかりしつつ、小夏(こなつ)と一緒に残り物の団子をほおばっていると、女客がふたり、入ってきた。あわてて団子をのみこみ、お茶でなんとか流し込む。

「いいですか？」

先に入ってきたのは、二十代後半の女だった。

すらっとした体を白のぜんまい紬で包み、珊瑚色の帯が若々しい。斜めに貝の口を結んでいるのが玄人っぽくみえないこともない。

その後ろから、三十がらみの商家のおかみさんとおぼしき女が続いた。背が低く、上半身ががっちりして、猪首気味だが、更紗小紋に黒地の名古屋帯、菜の花色の絞りの帯締めは気が利いていた。

「いらっしゃいませ。どこでもお座りになって下さいまし」

ふたりは、端の方の腰掛に並んで座った。

年上の女は値踏みするかのように店をぐるりと見回す。

「ここにこんな店があるなんて知らなかったわ」

「今後、どうぞごひいきにしてくださいませ」

さゆが頭を下げる。若い女が年上の女にたずねた。

「お茶だけでいいですか。お団子もありますけど」

「お茶があれば十分」

若い女がうなずき、さゆを見る。

「ふたつ、お茶をお願いします」

「お好みはございますか」

「好み？　普通のお茶で結構よ」

奉公人（ほうこうにん）を使っている者ならではの口調で年上の女がいった。

さゆはぬるめの甘いお茶をたっぷりと淹（い）れた。若い女が額（ひたい）を光らせていたからだ。急にお天気になり、少しあせばむくらいの一日だった。

若い女は湯呑（ゆのみ）を手にすると、のどをならすようにお茶をのんだ。

「こんなに喉が渇いていたなんて。体に染（し）み渡るよう」

底が見えた湯呑をおいて、肩をすくめる。

「おかわりをおいれしましょうか」

「お願いします」

二煎目（にせんめ）は少し熱めにいれた。

「美味（おい）しい」

また女は目を細めた。

隣に座る年上の女はお茶を飲むには飲んだが、うつむいたまま、にこりともしない。大きめに結った丸髷（まるまげ）が重たげで、紅（べに）を塗った唇の口角が下がっているので口がへの字に見えた。

やがてふたりは声をひそめて話し出した。

「なんで私がこんな思いばかりをさせられるのか……わからなくって」

年上のほうが切羽詰まった顔でいったのが聞こえた。

「悩んでいるのは、何をすればいいのかが見えないからでは、ありませんか」

「それがわかっていたら、世話がないわよ」

年上の女はしらけた表情でいう。

口は不満げに歪んでいるが、糸のように細い三日月形の目と小さな泣きぼくろとの取り合わせが妙に色っぽい。

「それにしても、たまげて飛び上がりそうだった。川を見ていた私に、いきなり、何か辛いことがありましたかって話しかけてきたんだもの」

「失礼致しました。とても放っておけない気持ちになってしまって……。でも、何があったとしても、あきらめることはありませんよ。人生を大きく様変わりさせる力を、誰もが持っているんですから」

「私も？」

「もちろんです。これまで、そちらさまはなるべく人の世話にならない、助けを借りないというお考えでいらっしゃったかもしれません。でも、ご自身の力だけで世の中を生き抜ける人はおりません。助けてくれる方は、もうそちらさまのそばにいますよ。今は微妙に軌道がすれ違っていますが、流れをちょっと変えさえすればその人と強い結びつきが生まれ、運が開けるはずです」

「ふうん」

「そちらさまの運勢はひとつの行動がすべてを変えるほど、今、活発に動いているんです」

「なんでそんなことがいえるの？」

「人相学という言葉を聞いたことがありますか」

「人相？　学？　顔の相を見るっていうの？」

「はい。私の生業（なりわい）は人相占いでございます」

女は西園寺（さいおんじ）霞（かすみ）と名乗った。

　客が他になく、ふたりの声が自然にさゆの耳にも入ってきてしまう。霞の話し声は明るく、年上の女のほうは陰気だが、どちらもよく通る声なので、話は筒抜けだった。

　小夏はといえば、興味津々という表情で一心に聞き耳をたてている。心許しているさゆの前だからなのか、物見高さを隠そうともしない。

　世話好きで情に厚い小夏は、噂話にも目がない。

だが、お客の話には立ち入らないというのがさゆの信条だ。

　さゆは、耳を澄ましている小夏はさておき、棚の常滑焼の急須を手に取り、から拭きをしはじめた。手を動かしていれば気が紛れる。

　店で使っている急須は、さゆが娘時代から長年かけて集めたものだ。

　桜や楓が彫られている風雅なものから、狸が彫られているうえにその口が注ぎ口になっているもの、鹿の顔が注ぎ口のものなど、おもしろい急須も揃っている。見た目はさまざまだが、ひとつ共通していることがあった。すべて平型の急須である。

　平型は茶葉の広がりがよく、お湯もよくまわり、茶葉のうまみを効率よくひきだしてくれる。蓋が大きいので中を洗いやすく、手入れも簡単だ。

　中でも一番数が多いのは、常滑焼や万古焼の焼締の急須だった。

　これらの急須には、もうひとつ楽しみがある。

　おろしたては生地に土っぽい味わいが残っているが、使い込むほどにとろりとした光沢と艶が増してくる。使いながら味わいあるものに育てていく急須なのである。

「おさゆちゃん、ちょっと」

　小夏が指でちょいちょいと手招きをしたのでさゆが顔を近づけると、早口でささやいた。

「暗い顔で川をみている女がいたら誰だって、なんか悩み事があるだろうなって思うわよね。占いなんかやってなくてもさ」

さゆは人差し指を口元にあて、いなすようにつぶやく。

「見ざる、云わざる、聞かざる」

「でもあんな大声でしゃべっていたら、聞いてくれっていってるようなもんじゃないの?」

小夏は口をとがらせたが、さゆは首を横に振った。

確かに小夏の云うとおりで、ふたりはまわりに注意を払っていないようにみえる。ここが茶店で、いるのはばあさん二人だけだから、遠慮はいらないと思っているのだろう。けれど、いや、だからこそ、客の話に巻き込まれてはならない。首をつっこむなどもってのほかだ。

だがそんなさゆの気持ちなどおかまいなしに、小夏は、また耳に神経を集中しはじめた。

「生業にしているといっても、こちらから声をおかけしたのですから、お代のご心配はいりません。よかったら何がそちらさまを悩ませているのか、お聞かせいただけませんか」

霞はそういって、安心させるようにうっすらと笑った。丸顔で少し垂れ気味の目に愛嬌がある。

商売ではないと聞いて、ほっとしたのか、年上の女ははまと名乗り、少しばかり投げやりに切り出した。

「私、今、矢面に立たされているんですよ。人に意地悪も不義理もしたことがないのに。何かをいただいたら、必ず相応のものをお返ししますし、いつだってこちらからご挨拶するし。それなのにあの人たちったら、挨拶を返してもくれない。大事な話も伝えてくれない。私にだけわざと土産をくれなかったりもする」

はまの目に涙が浮かんだ。

「私がある人を信じてしまったのが間違いだったんですよ。いい人だと思いこんでしまったんです。馬鹿ですよね」

はまの実家は品川で、こちらに嫁に来たものの、子育てと店で忙しく、近所にも気の合う人は見つからず、長く親しい友だちがいなかったという。

気軽に話せる友人がようやく見つかった気がして本当に嬉しかったのにと、はまは唇をかんだ。

「それで、つい打ち明け話をしてしまったんです。……商売のこと、夫婦のこと、子どものこと、姑や小姑のこと。相手に下心があるなんて思いもしなかったから。でもお里さんったら、その話をいいふらしていたの」

「お里さん？」

「その人の名前。そいつが元凶なんです。あることないこと、いってまわって」

「どなたに？」

「私、半年前に人に勧められて、〝おかみさん会〟に入ったんです。うちは商いをしておりまして、商いの助けになるかもしれないって。お里さんと出会ったのもおかみさん会なんです。私をつまはじきにしているのもそこの人たち。こんな仕打ちをされるなんてねぇ。女は怖いわ。おかみさん会は人でなしの会ですよ」

お茶を飲み干した小夏が顔をあげ、「団子をもう一本お願い」とさゆにいった。

「今さっき食べたばかりなのに？」

「いいの」

「夕飯が入らなくなっても知らないわよ」

「食べたいの」

きっぱりと強い口調で小夏が言いきる。

軽く団子をあぶり、たれをとろりとかけて前におくと、小夏はすぐさま串を手にし、勢いよく食らいついた。

この間もふたりの話は続いている。

里に裏切られたと落ち込んでいたはまに、声をかけてくれた人がいたという。

「私をおかみさん会に誘ってくれた人なんですけどね、そいつもとんだくわせもので。それも罠だったんですよ。親身になって話を聞くふりをして、他の人につーつー。いつのまにか、私がお里さんの悪口をいい散らかしている、とんでもない女ってことになってしまって。私はお里さんにされたことを正直に口にしただけなのに」

「なるほど」

「なるほどって、何が」

「顔に出ているんです。おはまさんが、みなさんによそよそしくされて苦しんでいるということが」

霞は、はまの口を指さした。

「上唇が厚く、口角が下がっていますよね。そして黒目がきょときょと動いている。どちらも悪運を招きやすいんですよ」

「……この顔は生まれつきですよ。生まれつき運が悪いってこと？　いくら占い師だといったって、そこまでいわれる筋合いはないわ」

口をとがらせ、憤然と席を立ちかけたはまを霞が押しとどめる。

「いえ、人相・顔相は、心の持ちようで変わります。おはまさんはとんでもない意地悪をされ、悪口にさらされて、悔しく悲しい思いをしていらっしゃる。そのおはまさんの心のあり様を、この顔は映しているんです」

小夏が顔をあげ、さゆを見て、ものいいたげに、わざとらしく目をぱちぱちさせた。

「三煎目をお淹れしましょうか」

さゆはたしなめるように小夏にいう。

「そうね、お願いします」

さゆがどうあっても乗ってこないと悟ったのか、小夏は取り繕うようにうなずいた。

口にしないだけの話で、さゆだって思うことはもちろんある。

口がへの字だからといって、悪運を招く顔相だと決めつけていいものか。

福相とはいいがたいような顔をしている人でも金持ちはいるし、一見、人に好かれるような顔ではない人が慕われていたりする。

小夏だって、福耳とは真逆の小さく薄い耳たぶをしているが、ちっとも金に困ってなどいない。

眉尻が垂れ気味で頬がふっくらしているから、男にもてる顔だと、かつてさゆも占いをかじっている人にいわれたことがあるが、それがどうだ。今でも独り者である。

顔相学でわかることもあるのだろうが、すべての人にそれがあてはまるようなものとも思えなかった。

「人相学の水野南北先生をご存じありませんか。私はその弟子なんです。今日の鑑定をもとに、少しでもおはまさんの気持ちが治まり、おかみさん会の人たちとうまくいくように、何か方法がないか考えてみますよ」

「どうしてそこまでしてくださるんですか」

「後押しをしてみたいという気にさせられたからでしょうか」

霞はそっとはまの背に手をあてた。はまは細い目を見開き、こくんとうなずく。

ふたりは二日後にまたここ「蒲公英」で会うことに決め、帰って行った。

ぴしゃりと戸がしまると、小夏はつぶやいた。

「怪しい！　水野南北の弟子っていってたけど、ほんとかしら」

水野南北は占いの大家として知られている。黙って前に座ればぴたりと当たるといわれるほどの的中率で、占って悪い結果が出ると、「食を見直すべし」などと指導し、開運に導いてくれることで有名だった。

「好意で声をかけて占いをしてやるなんて、聞いたことないわ。お代はいらないいなんていっていたけど。やっぱり結局、目的はこっちじゃない？　いずれ数珠とか水晶玉とか売りつけるに決まっているわよ」

小夏は親指と人差し指で丸を作る。

ふたりの湯呑を下げ、腰掛を布巾できれいに拭き、さゆはまた小夏の前に座った。

小夏は頰をふくらませていた。怒っているように見える。

「珍しいじゃない。小夏ちゃんが人の話を盗み聞きしてぷんぷんしてるなんて。何か気にいらないことがあった？」

小夏は盛大にため息をもらした。

「まさか、おかみさん会の話が出るとはねえ。実は、私も入ってたのよ。おかみさん会。まとめ役もやってたんだ。お里さんって人も心当たりがあるし……」

おかみさん会は、旦那の商売を支え、店と町が少しでも賑やかになるようにという目的で作られ、会員は月に一度集まって親睦を深めているという。

「男だったら料亭で飲み会というところだけど、私たちは昼ご飯を食べて、話をして、ぱっと解散するの。お祭りや売り出しの話もするけど、どっちかっていうと互助会みたいなものかな。おかみさん会の人は、蠟燭をうちから買ってくれるし、私も同じものならおかみさん会の人の店で買うようにしている。もちろんちょっとは勉強させてもらうし、してもらうし。花見や紅葉狩りにいったこともあるわよ。そりゃたまには行き違いもあったりもするけど、楽しいことのほうがずっと多かったんだけどね」

おかみさん会の信条は、義理と人情と肝っ玉。陰口は厳禁。悪口は聞こえるようにいうというのが鉄則だったという。

「お里さんは、金物屋『樋口』のおかみさんだろうと思うんだ。おっかさんのおえいさんも、おかみさん会に入っていたのよ。今は私同様、隠居しているけどさ。おえいさん、さっぱりしていい人だったよ。娘しかいないから、総領娘のお里さんが婿取りをして、おえいさんと入れ替わりにおかみさん会に入ったの。あの人の娘なら、根性がねじけてるわけがないと思うんだけど」

山城屋でも、小夏と入れ替わりに、今は嫁の勝がおかみさん会に入っているという。

「おはまさんって人が入ったのは半年前か……そんなあからさまな仲間はずれってあるかしらね。みんないい歳なのに」

小夏は一気に話すと立ち上がり、おなかをぽんと叩いた。

「団子、食べ過ぎたみたい」

「いわんこっちゃない」

「おはまさんがおかみさん会のこと、悪く言うもんだから、肝が焼けて」

小夏は肩をすくめると代金をおき、「お邪魔さま、また明日」といって出て行った。

それを潮にさゆは暖簾を下ろした。

小夏は家に戻れば夕食ができているという寸法だが、さゆはそうはいかない。

初物の筍が実家の「いわし屋」から届いていた。

いわし屋には各地から薬草の類が毎日運ばれてくる。その荷の中に、旬の食材が入れられていることも多い。その中から初物や珍しいものを選りすぐり、甥の嫁のきえが、料理好きなさゆのために、折々に届けて寄越すのだ。

筍は時間との勝負だ。

朝、筍が届くや、さゆはすぐにあく抜きにとりかかった。

穂先の皮の部分を斜めに切り落とし、縦にすっと切り込みを入れ、浸るくらいの水に米ぬかをひとつかみと鷹の爪を一本入れ、火にかける。あとは吹きこぼれないようにして、竹串がすーっと通るようになるまで茹で、そのまま自然に冷えるのを待つ。

家に戻ったさゆは、すっかり冷えた筍を鍋からあげ、皮付きのまま井戸端でぬかを洗い流した。

穂先は和え物や刺身に、歯ごたえがある部分は煮物や筍ご飯に使う。塩茹でした筍をご飯にのせて、出汁をかけた筍ご飯が江戸の味だが、さゆは炊き込みご飯のほうが好きだった。研いだ米に、一口大に切った筍、小さく切った油揚げ、醬油と塩と酒で調味した鰹出汁を加え、一気に炊き上げる。

続いて、豆腐と白胡麻に、味噌と砂糖と醬油を加えてすり鉢ですり、千切りにした姫皮と薄切りの穂先を和え、木の芽を添えて、白和えを作った。

こんがりと焼いた厚揚げにおろし生姜とネギの小口切りを添え、さっと醬油をかけてもう一品。酒粕を入れた筍汁も作った。

蒸らし終えた筍ご飯を茶碗に盛り、上に三つ葉を飾り、一菜に粕汁を盆にのせて、茶の間に運ぶ。

「いただきます」

手を合わせ、箸をとった。ひとくち食べるなり、顔がほころんだ。筍は甘みと香気があり、歯ごたえがすこぶるいい。

大きくはないが、ずんぐりボテッと太い筍で、先端に黄色がちょろっとのぞいていた。水分をたっぷり含んでずしっと重く、皮の色は薄く、艶があった。手にした瞬間、いい筍だと思ったが、味は想像以上で、筍ご飯も、白和えも、粕汁もしみじみと体に染み渡る。

筍は竹に旬と書く。春山の爽やかな風が体に巡る気がした。

出汁もきいていると思った瞬間、さゆは小さくなった鰹節のことを思いだし、気が重くなった。

実家から移り住んだときから使い始めた鰹節が、今や親指ほどまで小さくなっていた。固い部分が残っていて、割れやすいため、このところは回転させながらそろそろと削っている。

新しいものを用意しなくてはならない時期だが、上質な鰹節は結構な値段がする。これまで鰹節を買うのに躊躇したことなど一度もなかった。けれど、茶店の儲けを考えると、ポンと買う気持ちにはなれなかった。

按摩の呼び笛が遠くに聞こえた。

こうして自分で好きな料理を作り、食べられるのは幸せだとさゆは思う。でも、ふと寂しくなることもある。腕によりをかけて料理を作った、こんな晩は特に。

誰か一緒に食べる人がいれば、「おいしいね」といいあえるのに。

だが誰でもいいというわけではない。

「ごちそうさま。ああ、美味しかった」

さゆは小さくつぶやき、手を合わせた。

食事を終えると、さゆは引き出しから本を取り出してめくりだした。池田家に奉公していたときに、一冊ずつ買い集めた食の本が引き出しにぎっしり詰まっている。

百種類もの豆腐料理の調理法を解説した『豆腐百珍』。

鳥や卵、川魚といった素材別に料理法を記した『万宝料理秘密箱』。

沢庵漬、浅漬、ぬか味噌漬、奈良漬瓜、梅干漬など、漬物問屋「小田原屋」の主人が書いた漬け物づくしの本『四季漬物塩嘉言』。

深川の菓子の名店「船橋屋」の主人が、店伝来の菓子の作り方をまとめた菓子の専門書『菓子話船橋』。

料亭「八百善」の主人が刊行した『料理通』。

客のもてなしの仕方をまとめた接待の指南書『臨時客応接』。

「桑名時雨蛤」や「甲州打栗」など郷土の名物料理を網羅した『料理山海郷』。

変わり種では、中国伝来で日本化した精進料理を紹介する『会席しっほく趣向帳』というものまである。

この日、取り出したのは豆腐百珍だ。

ごま油で豆腐を炒り、ざく切りにした白ネギを加え、醤油とわさびと大根おろしで味を調える「雷とうふ」や、葛湯で煮た豆腐を、煮返した醤油と花鰹の上に乗せ、海苔、唐辛子、白ネギの刻み、大根おろしをかけて混ぜて食べる「五目とうふ」など、主な料理はさゆも何度か試してみた。目先が変わったものもあるが、手間だけがかかって、味自体はそれほどではないものも少なくなかった。

料理は一に素材というのが、さゆの信条だ。素材が優れていれば、それほど手をかけずとも満足いく味わいになる。

調味料も重要だ。醤油、塩、味噌、砂糖、味醂、酢、酒、ごま油、昆布、干し椎茸、鰹節……。もはや丼飯をかきこむような年齢ではないので、調味料もたくさんは必要ない。だからこそ、上質なものを奢っていた。

醤油や味醂、酢、ごま油などは作りたてのものを少量ずつ求めている。日にちをおくほど風味は劣化してしまうからだ。

年を重ね、前よりも食へのこだわりが強くなったような気もする。

若い頃から朝飯を終えれば昼に何を食べよう、昼がすめば晩ご飯のお菜はどうしようと考えるたちだったが、近ごろでは一食でもないがしろにしたくない。

豪華なものを食べたいわけではない。ただのうどんでも雑炊でも、漬け物でも、ああ、美味しいといただきたい。

ひとり暮らしだと、昨日の残りものを今日食べることも多いが、似たようなお菜が続いて食欲や心が弾まないなんてはめには陥りたくない。

暇さえあれば、料理書をぺらぺらとめくり、ときには池田家で覚えた各地の郷土料理を綴(つづ)った帳面をつらつら眺(なが)めるのは、それもあってのことだった。

行灯(あんどん)を消す前に、さゆはふと思いついて、手鏡をみた。

目も鼻も頰も丸い、見慣れた顔がぼんやりと鏡に映っていた。

どこからどう見ても、これは間違いなく食いしん坊の相だと思った途端、鏡の中の顔がふっと笑った。

翌日は前日と打って変わって、客が絶えなかった。

常連の伊兵衛(いへえ)とふくは朝から定席を温めていたが、四つ（午前十時）過ぎに、がやがやと威勢のいい男たちが店に入ってきたのを機に、帰って行った。

日によって客数にばらつきはあるものの、近所の人や職人、近辺に買い物に来るたびに寄ってくれる人などが少しずつ増えている。

美味しそうに団子を食べ、お茶を飲み、談笑している人々の姿を見るのは楽しかった。

とはいえ、すべてが順調であるわけでもない。客の数を読み間違い、昨日のように団子をたくさん余らせて損を出す日もある。

ひとり働きなので、失敗してへこんでも、誰も慰めてくれはしない。落ち込んでも、明日はすぐに来てしまうので、悩みにとらわれ立ち往生する暇もない。

年寄りになると、頭が固くなり融通（ゆうずう）がきかなくなるといわれるが、過去の自分にこだわっていたら、前に進めないとも感じさせられた。受け入れられることは受け入れ、また立ち上がる。やり直す。それが思うほど苦ではないのが自分でも意外だった。八つ（午後二時）過ぎ、客がやっと途切れたときに、小夏が店にやってきた。小夏は客が少ないときを狙ってやってくる。本日、すでに二度、店をのぞきに来ては帰り、これが三度目だった。

小夏は隣の客が席をたつと、さゆに顔を寄せた。

「お勝に聞いてみたのよ」

「ん？」

「おはまって人のこと」

「あら」

さゆはそっけなくいったが、小夏はそれにはかまわず話を続ける。

「それがお勝ったら、よく知らないっていうの」

小夏の嫁の勝は、大店（おおだな）の仏具屋の娘で、品が良く、控（ひか）えめでおとなしい。

けれど小夏によれば、勝には、びっくりするほど頑固なところがあるという。

「知らないなんてありえないのよ。おかみさん会の会員なんて二十人やそこらなんだから。それで矛先(ほこさき)をかえて、お里さんはどんな人って聞いてみた。すると、お里さんは、おかみさん会の世話役で、さっぱりしたいい人だって。で、逆に、なんでおっかさまがおはまさんとお里さんのことをご存じなんですかと聞かれちゃった。蒲公英にいた人が、ふたりの名前を出してたからさって、応えたけどね。おはまさんがいきずりの占い師に、おかみさん会のこと、思い切り愚痴(ぐち)ってたなんていえないもの」

「まあねぇ」

さゆは口を濁(にご)した。正直、これ以上聞かなくてもいいという気持ちだったが、小夏の勢いは止まらない。

大切にしていたおかみさん会を、はまにおとしめられたからだろうか、小夏は少しばかりムキになっているように見えた。

「そしたら、お勝、理由はわからないけど、ふたりがうまくいっていないということはちらっと聞いたことはありますって。で、おはまさんちのご商売、うまくいっているのかしらって、お勝がぼそっといったのよ。店は小間物(こまもの)屋の『だるま』だって」

「へぇ～、あそこ」

思わず口をはさんでしまったのは、だるまはさゆがひいきにしている湯屋「越前湯」のほんの目と鼻の先にある店だったからだ。ただ、さゆの行きつけの小間物屋は店の常連でもあるふくの「糸屋」で、だるまには入ったことはない。

「でも小間物屋の商いがうまくいかないって、あんまり聞かないわよ。どこでも同じようなものを扱っているんだから、近くの店がいちばんじゃない？」

さゆがなだめるようにいうと、即座に小夏が打ち消した。

「同じものを扱っているからこそあの店じゃなくこっちで買おうって、店を変えることもあるんじゃない？」

「近くに小間物屋でもできたの？」

「そういうわけじゃなさそうだけど」

小夏は真顔で首をひねった。

夕方、暖簾をおろして湯屋に向かったさゆは、なんとはなしに、だるまの前まで足を伸ばした。

小間物屋は、櫛や笄、簪などの髪飾りや、白粉、紅などの化粧品、普段使いの塗りものの器や袋物やたばこ入れなど、こまごまとした日用品を商っている。

だるまは間口三間の二階建てで、小間物屋としてはなかなかのものだった。

そのとき、はまが外にでてきた。遠目にもぶすっとしているのがわかる。

はまは、自ら暖簾をはずした。手伝う者はいない。

これだけの店構えなら、番頭をふくめて手代や小僧など四、五名ほど奉公人がいそうなものなのに、おかみ自らというのが、ふと解せない気がした。

夕闇が軒下にたまりはじめていた。

蝙蝠が飛んでいると思いきや、数羽が急に舞い降り、はまの肩をかすめた。はまはきゃっと叫び、暖簾を抱え、店の中に走って行った。

翌日、小夏は昼過ぎに蒲公英に顔を見せた。息が弾んでいる。

「来た？」

「おふたり？……まだいらしてませんよ」

「よかった。間に合った」

小夏はほっと胸をなでおろす。

「まさかお茶のお稽古から走ってきたんじゃないでしょうね。今日はお稽古だったでしょ」

「早足よ。でも……足が遅くなっててさ。こっちは前に進もうとがんばって足を動かしているのに、その脇を、男はもちろん女中たちにまですいすい追い抜かれて。

悔しくて必死になったら、足がもつれてこけそうになって……」

「小夏ちゃん、足が速かったのにね」

「そんなときも、あったんだけどね」

「腰を打ったり、骨を折ったりしたら大ごとだから気をつけてよ。人より早く歩いたからどうってこと、ないんだから」

「頭ではわかってるんだけどね」

小夏は、五日に一度、お茶の稽古にいく。

習うというより、静かな茶室でお茶とお菓子をいただき、稽古の後に仲間と語らうのが楽しみなのだ。今の師匠が生まれたときにはすでに、小夏は先代の師匠に稽古をつけてもらっていたのだから、弟子といっても別格らしかった。

「休みの人がいて、練り切りを三個も食べちゃった。だからお茶だけでお願いします」

「三個……」

明らかに食べ過ぎだ。

「肥えたらどうしよう」

「肥えるわよ」

「そのうち歩くより転がる方が早くなるかも」

小夏は自分でいって自分で笑い、ふと思い出したようにいう。

「……お茶の帰りに、だるまにいってみたのよ」

似たようなことを考えるものだと、さゆはくすっと笑った。

「とりあえずちり紙でも買おうかと思ったんだけど、奉公人が小僧ひとりなの。あれじゃ、お客がつかないわ。十にもなっていない小僧だけじゃ、簪や紅のことなんか何もわからないじゃない」

「座売りだけじゃなく、行商もやっているんじゃないの？」

品物を包んだ風呂敷をかついだ男たちが町を歩き、売り歩く行商をしている小間物屋も少なくない。

「それにしたって店に小僧がたったひとりってことは、ないでしょうよ」

そのとき、はまが入ってきて、小夏は口を閉じた。

はまは一昨日と同じ、端っこの席に座り、お茶と団子を一本、頼んだ。

しばらくして霞があらわれ、同じものを注文する。

小夏はじっと耳をそばだてていたが、その後は客が続いて、店が急に騒がしくなりはじめた。あっという間に満席となり、外には客が列をなし、小夏は長居するわけにもいかず、がっかりした顔で「また来るわ」と去って行った。

しばらくして、霞は数珠を手にかけ、はまに向かって願をかけるように拝み、ふたりは帰って行った。

それからも一日おきにふたりはやってきては、話し込む日々が続いた。だが、いつも店が忙しくて小夏は長居ができず、話を聞きたいのにと、もどかしそうだった。

「しんねりむっつり、いったい何をしゃべっているのやら。おさゆちゃん、思い切って、おはまさんに、霞さんは怪しいからつきあわないほうがいいといってやったほうがいいんじゃない？」

「なんで私が」

「店主だからよ。それとも、この店でそういう商売をされては困ると霞さんに釘をさす？」

「冗談じゃないわ。人の話に口をはさむなんて」

最初のときこそ話が聞こえたが、以来、話の子細はさゆも耳にしていない。

そんなある日、はまが待ちぼうけをくらった。

いつもなら、はまが席についてすぐに来るはずの霞がなかなか姿をみせない。こんなときに限って、他に客はいなかった。

はまが団子を食べ終えても、まだ霞は来ない。鼻から勢いよく息をはいたり、下駄をとんとならしたり、はまのいらいらが募っていくのがさゆには手に取るようにわかった。

気づかないふりをきめこみ、目をあわすまいとさゆはうつむいていたが、ふと顔をあげた瞬間、はまと目があった。

「いつもごひいきくださって、ありがとうございます」

間（ま）が持たず、ついさゆから声をかけた。何気ない普通の挨拶だったが、はまはそれにくいついてきた。

「私はどこでもいいんだけど、あの人がここを気に入ったみたいで……それにしても私を待たせるなんて、どういうつもりなのかしら。忙しいところ、店を抜けてきているのに」

声が尖（とが）っている。

「そういえばこの店、いつからここでやっているの？　前はザル屋だったんじゃない？」

「開店してふた月になりました」

はまは無遠慮に、さゆを上から下までじろりと見た。

「ふた月。あ、そう。ここに移るまではどこで店をやっていたの？」

「店をやるのは、はじめてでして」

「驚いた。その歳で、店をはじめたの？　思い切ったものねぇ。……よっぽどの事情があったんでしょう。歳をとってからもこうして働かなくちゃならないなんて、普通なら隠居する歳だものね、気の毒に」

　さゆを見下すように、はまはずけずけいってのける。

「でも儲かっているでしょ。団子とお茶、高いよね。普通の店なら団子もお茶も四文。それが六文だもの。おばあさん、度胸があるわよ、堂々とこの値段をつけるなんて」

　細い目をいっそう細くして、小意地悪くはまはいった。

「儲かるなんてとてもとても。団子とお茶だけですから知れてますよ……」

「まあ、そうでしょうけど。団子百本売っても六百文だもの、売れるかどうかは別にして、百本作るのは骨がおれるわよ。まあ、いずれにしても商いを続けるのは大変。いいときばかりじゃないから。うちなんか、亭主はあてにならないし、奉公人はいつかないし」

　はまはため息をつき、盛大に愚痴りだした。

「ちょっと注意するとむかっ腹たててすぐにやめちまう。郷に入っては郷に従えってもんなのにさ。ご飯が足りないとか、眠くて朝起きられないとか、口から出てくるのは文句ばかり。お菜のことをつべこべいうなって、奉公人が。口入れ屋の亭主が、ろくなもんをうちに紹介しないからこうなるんだ。……あの口入れ屋、どういうつもりなんだろう。うちをなめてんのかな。他の店じゃつとまらないような者ばかり寄越して。おばあさんみたいに、ひとりで店をやるのがいちばん気楽よね。入ってくるもんは少なくてもさ」

自分の店の奉公人を容赦なく悪くいうはまに、さゆはあきれかえった。

奉公人は、主にとって子どものようなものだ。中でどんなことがあろうと、見ず知らずのさゆにいうことではない。奉公人を主や女房が悪くいうのは、家の恥だからだ。

そのうえ、さゆのことまで、まな板の上にのせた。

人の歳や懐具合なんか、あんたの知ったこっちゃないでしょと、言い返したいのをぐっとおさえて、さゆは口を閉じた。

さゆが恐れ入って黙ったと思ったのか、はまはますますいきり立ち、今度は霞の悪口となった。

「顔相の目利き(き)だっていってたけど、ほんとかどうかもわからないよね。いっつも私がここのお茶代と団子代をふたり分、払ってやってるのよ。私をカモにしようとしているのかもしれない。でも、利用されるような私ではないわ」

「はあ」

さゆはうなずくのを一切やめた。うなずいたりしたら、さゆがそういったと、はまはいいかねない類だと思ったからだ。

「利用しやすい女に見えるのかもね、私って」

「さぁ」

「おかみさん会っていう会があるんだけどね」

霞の次は、おかみさん会と里の話になった。

高飛車でありながら、はまの口調には人におもねて甘えるようなところがあった。

はまの言葉の中には、ひやりと人を脅かすような鋭い棘のようなものがいたるところに潜んでいるのに、そのせいでうっかりうなずいてしまいそうになる。

とりあえず、霞がお金をまきあげようとしても、唯々諾々と出すような女ではなさそうだったが、話を聞いているうちに、さゆは、はまがまきちらす悪意に心底めいってきた。

ふと、思い出したのはイトエのことだった。

イトエは二十年ほど前に、池田家に雇い入れられた女中である。女中頭のさゆや奥様の美恵の前では愛想良く、しおらしく振る舞い、最初はさゆも美恵も、いい娘がきてくれたと喜んでいた。

だが、イトエが来てから、奥はもめにもめた。

「お暇をいただきたい」と次々に申し入れてきた女中たちの話を聞くまで、その原因がイトエにあるとは、さゆは思いもしなかった。

イトエは自分にとって得な人かどうかを見定め、態度を変えていた。

自分より覚えめでたい人や待遇のいい同僚を嫉んで、イトエは悪口をまきちらした。他人の暗い秘め事を耳にそっとささやくことで、イトエは人に近づき、仲良くなっていく。

きっかけがそうなのだから、話題は自然、噂話と人の揚げ足取り、中傷の類になる。そして親しくなった娘たちが次の標的となった。あの娘があなたの悪口をいっていたとイトエは別の娘たちに触れ回ったのだ。

穏やかだった奥は、イトエのせいで疑心暗鬼が渦まく場と変わってしまった。

何も知らなかったさゆと美恵も、イトエの手玉にとられていたといっていい。

イトエのしでかしたことが明らかになってからも大変だった。

美恵同席の上で、さゆはイトエと話をしたのだが、イトエは「悪気はなかった」の一点張りで、ついには「おさゆさまは、私のことをお嫌いだから、私のせいになさるのです。あんまりです」とさめざめと泣いてまでみせた。

さらに「おさゆさまは奥様のご存じないところで、女中をえこひいきなさいます。ひいきされている人は数えるほど。あとはみな、土間の隅で泣いておりました。ましてや私など人以下の扱いで……。冬に冷たい水を頭からぶっかけられたこともございました」と思いも寄らぬことをいい、さゆを唖然とさせた。どこをどうしたら、そんな嘘話が出てくるのか、今、思い出しても、頭がくらくらするほどだ。

イトエの話を、美恵は黙って聞いていた。美恵がイトエのいうことを信じたら立つ瀬がなく、池田家を去るしかないとさゆは覚悟した。

だが、美恵は動じなかった。

――私はおさゆを信じます。

美恵はまっすぐイトエを見つめ、静かに、けれど力強くいった。そのとたん、イトエはくっと唇をかみ、頬をひくつかせ、目に暗い光を宿した。

結局、イトエは池田家を去ることになったのだが、後味は悪かった。

京橋の染物屋の実家に戻ったイトエは、池田家やさゆ、さゆの実家・いわし屋の根も葉もない悪口や噂話をふれまわった。

旗本の池田家に対してはさすがに躊躇もあったのだろうが、それでも奥方の美恵の着道楽が過ぎて内情は火の車だとか、まずい料理を作った女中は打擲されるといった噂が流れたのは、イトエのせいとしか思えない。

いわし屋には、さゆが池田家を陰で操る悪女で、若衆とふしだらな関係になっているという内容を記した差出人のない文が届き、大騒ぎとなった。

心配した両親のために、美恵がわざわざいわし屋に出向き、池田家のことでさゆに迷惑をかけてしまったと頭をさげてくれた。そのおかげで、なんとか身の潔白は証明されたが、さゆの心の傷はなかなか癒えなかった。

底なしの悪意の恐ろしさを思い知らされた気がした。

そういう人物がいて、いつ刃を自分に向けてくるのかわからない世の中に生きていると思うと、眠れない夜が続いた。

はまも、平気で人をおとしめる類ではないだろうか。

イトエと同様、人を蹴落とし、優越感を満たす性分ではないか。

だとしたら、近づいた人を傷つけずにはおかない。

自分に意見する人を嫌い、憎む。いつまでもそれを覚えていて、いつかたたきつぶそうとする。

おかみさん会で孤立しているのも、奉公人がいつかないのも、そのせいではないか。

そのように考えていたとき、霞が入ってきた。

「おそくなってごめんなさい。出がけに人が来てしまって……」

「いつまで私を待たせるのっ」

霞の言葉を遮(さえぎ)って、はまが怒鳴(どな)った。

「私は暇じゃないのよ。貴重な時間をさいて、わざわざ来ているのに。人相を見るっていうんで、こっちがおとなしくしていたら、これだもの。今までも、いいたい放題いってくれて。もっと笑えって？　おかしくもないのに笑えるもんですか。いじめられているんじゃなくて、私の思い過ごし？　はぁ？　本当のことが見抜けなくてよく占い師なんかやってられるわね。眉唾(まゆつば)のいんちき占いの戯(ざ)れ言にはもう、うんざり。二度と私の前に顔を出さないで！」

声をはりあげて叫び、はまは席をたつと、霞を乱暴におしのけた。あまりの剣幕に、霞もさゆも二の句が継げない。

そのとき、店を出て行こうとしたはまの足が止まった。

入り口で、小夏と嫁の勝があっけにとられて立ちすくんでいたからだ。

勝は筍と蕗(ふき)の束をいれたザルを胸に抱えている。

「なんでお勝さんがここに？」

「こ、こんにちは。お姑さんがここの常連で」

勝の顔から血の気がひいている。はまの目が小夏に移った。

「お姑さんって、もしかして前のおかみさん会の世話役の……」

「山城屋の小夏でございます。いつもお勝がお世話になって」

小夏が唇をひきしめ、一礼すると、はまの顔がみるみる蒼くなった。がま口からお金をだし、十二文きっちりおき、小夏たちに形ばかり頭をさげ、はまは、猛烈な勢いで店から出て行った。

沈黙を破ったのは小夏だった。

「どうしたの、あれ」

「私が約束の時間に遅れてしまったことに怒って出て行かれて……」

霞の声に、勝のつぶやきが重なる。

「……ここでもこんなことを」

「ここでもって？」

勝はさゆに促されたように、震える声で続ける。

「おかみさん会でも、あの人、みんなから頼りにされているお里さんにけんかをふっかけていまして。お里さん以外にも怒鳴りちらすのはしょっちゅうで、でも次の会には平気な顔で出てくるんです。私たちにはなんでもないことなのに、急に怒り出して、つっかかってきて。親しげに寄ってきたかと思うと口から出るのは悪口ばかりで、みんな、振り回されてしまって……。とにかくおはまさんには近づかない、軽々しく相づちを打たないようにしようと話しているほどなんです。お店でもあの通りだからでしょうか、奉公人が次々に逃げ出して、左前になってるという話もあって……うわぁ〜、私、とんでもないところにいあわせちゃった。私も何をいわれるかわかりません。どうしましょう」

勝は独り言のようにつぶやく。

「世話役のお里さんの耳に入れておかなくては……私ひとりでは、とても太刀打ちできそうにありませんもの。あの、おばさま、これ、召し上がって下さい」

勝は押しつけるように、さゆにザルを渡すと、失礼いたしますといってきびすを返した。

頬をひきつらせて帰って行く勝の後ろ姿を見つめ、小夏はため息をついた。

「お勝には悪いことしちゃった。今朝、筍と蕗をたくさんもらったのよ。おさゆちゃんにお裾分けするから一緒に持っていってと頼んだの。ついでに、おはまさんが本物かどうか確かめてもらえたら一石二鳥だと思って。まさか、こんなことになってるとはねぇ」

「お騒がせして申し訳ありませんでした。私もこれで……」

一礼して出て行こうとした霞にさゆは声をかけた。

「よかったらお茶を飲んでいらっしゃいな」

「でも」

「このまま帰ったら、気を落ち着かせるのが大変よ。私たちだって」

さゆの笑顔に促されたように、霞は一度あげた腰を戻した。

「占い師だって耳にしたけど」

隣に座った小夏が霞にいった。霞はうなずいた。

「……人相学を学んでいて、日本橋界隈のお寺や神社でお客さんの顔を見させてもらって、八年になります。お師匠さんには、頼まれもしないのによけいなことしちゃいけないと散々いわれていたのに。私ったら」

はまの人相があまりに悪いので、心配で放っておけなくなって、つい善意から声をかけてしまったのだと唇をかんだ。

「かかわってみるまで、どれだけ危ないか、わからない人もいるから」

小夏は慰めるようにいい、長く息をはいた。

霞は力なくうなずく。

「……よもやこんなことになるとは。おはまさんの顔からは、みんなに慕われる人物になりたがっていることがうかがい知れました。けれど現実はそうではないから不満がたまっているんです。みんなに頼られる人をうらやみ、おとしめようとしてしまう。それが禍して、ますます人との関係は悪くなるばかり……」

人に信頼される里を、はまはねたんで、引きずり下ろそうとしたのだ。

だがそのために、はまはかえってみなに警戒され、親切心からたしなめようとした人まで次々に踏みつけ、ついにはつまはじきになってしまった。

「自分の行ないで悪い流れを作って、行きつく果てはどん底。……それも自分が蒔いた種だとわかってくれれば、おはまさんの運も変わると思ったんですが」

「それで、おはまさんに笑えって助言していたの」

霞は小夏にうなずいた。

「おもしろくなくても笑っていれば、不思議なもので心も柔らかくなるものですから」

「笑う門には福来たるっていうからねぇ。でも残念ながら、通じなかったみたいね。道理がわからない人もいるから」

小夏がこめかみを押さえながらいう。こめかみを押さえるのは、考え込んでいるときの小夏の癖だ。

「こんなことをいったらなんだけど、おはまさん、全部、人のせいにする人なんじゃない？　自分は悪くない。悪いのはまわりだって。そう思ってる限り、打つ手がないわよ」

小夏が続けた。

「……変わろうとする気がなければ、人は変わらないものですものね」

そういったさゆを、小夏はえっという顔で見た。

「おさゆちゃんがそんなことをいうなんて。昔は、世の中にはいい人ばかりと思っている娘だったのに」

「それなりに世の中の風にさらされましたから」

「変わろうとする気がなければ……本当にそうですね」

つぶやくようにいった霞の前に、さゆはお茶をおいた。霞は口に含むと、目を見開いてつぶやいた

「これ、すごく優しい味ですね」

「こんなときは深むし茶がいいと思って。少しとろみがあるでしょう。まろやかでこくがあって柔らかくて……」

そういって微笑（ほほえ）んださゆの顔を、霞は見つめた。

「いいお顔をなさってる」

「え、私？」

「はい」

うなずいた霞に、さゆは苦笑した。

「狸顔でしょう。目も鼻もなんでも丸っこくて」

「この人、子どもの頃、ぽんと呼ばれてたの。狸の腹鼓（はらつづみ）からとって」

調子に乗った小夏が笑っている。

「お幸せな人の顔ですよ」

「それは嬉しいけど、未だにこんな風にあくせくしてますからねぇ」

もう一度じっと、霞はさゆを見る。

「顔は心を映し、その顔の有り様が次の運命を呼び寄せるんです」

次の運命という言葉が、さゆの胸をついた。

五十五歳の自分にも次の道があるといわれた気がした。開こうと思えば、道はいくつになっても開かれる、と。

霞はにっこり笑って続ける。

「女の顔には二度、大きな変化の時があるともいわれます。幼い頃、きっと美人になるといわれた子が三十路になると、それほどでもなくなったり、ぱっとしなかった子がはっとするような美人になったりすることがありますでしょう。かと思えば、お年を召して、一気に老ける人もいれば、老いてもなお人に慕われるお顔をしていらっしゃる人もいます。そちらさまは間違いなく、慕われるお顔です。ご自身でこの幸せな顔を作っていらしたんです」

「亭主も子どもも、もてませんでしたのよ。私にあるのはこの店だけ」

「すべてを持っていても幸せではない人もおります。住む家と食べる物があり、人とつながって暮らせれば、人はいくらでも幸せに生きられるというのが、私のお師匠さまの口癖です」

「ねえ、私は？」

じれたように、小夏が割って入ってきた。霞は小夏を見つめた。

「そちらさまもいいお顔をなさっています。ご自分の思い通りに暮らしてこられましたね。家族からも大事にされている相です」

「長生きする？」

「ええ」

「ただの長生きじゃなくて、元気で長生きしそう？」

また小夏はこれだと、さゆは噴き出しそうになった。

欲張りで、あっけらかんとしているところが、小夏のかわいさでもある。

「おそらく」と霞がいうと、小夏は満足そうにうなずいた。

霞はお茶代を払うといったが、さゆは受け取らなかった。

「私と小夏ちゃんの人相をみてもらったから。またいらして下さいな。そのときはお代を頂戴しますから」

「近くに来たときには、きっと寄らせていただきます。今回はとんでもないことになり、こちらさまにご迷惑をおかけしてしまいましたが、お近づきになれてよかった。人生、塞翁(さいおう)が馬ですね」

「そう、禍転じて福となすよ。そうできるかどうかは自分にかかってるけど」

小夏がからっと笑った。その表情を見ながら、小夏もそれなりに世の風雪にさらされてきたのだと、さゆは思った。

勝が気を回してくれたのだろう。

その夜、さゆは筍の昆布煮をつくることにした。池田家の峯高が越後に赴任したときに、料理法を持ち帰った料理だ。筍はすでにあく抜きをしてあった。

筍と、適当な大きさに切り、水で戻した昆布を、昆布の戻し汁、薄口醤油や味醂とともに煮こむだけと手間はかからないのだが、ふくよかな味わいが癖になる。

鮮やかな緑色の蕗は、いかにもみずみずしくはりがあった。筍同様、蕗もまた時間との勝負だ。時間がたつほど味がおちていく。うまいうちに食べてやらなければ蕗も浮かばれない。

さゆは蕗を軽くゆでて皮をむき、水につけた。こうしてあくをぬいている間に、出汁をとる。

鰹節を削ると、ぱりんと乾いた音がして、さゆの胸がずきっと痛んだ。薄くなっていた縁が欠けていた。近々こうなってしまうだろうと覚悟していたが、やはり気がめいった。

さゆはため息をつき、棚から押さえ木をとりだした。押さえ木は、小さくなった鰹節を削るときに刃から指を守ってくれるものだった。あと何回、この鰹節で出汁がとれるかしらと思いながら、さゆは丁寧に削った。

だが、削り節がたまったのを確かめたとき、不意に鰹節のことで何日も思い悩んでいた自分がおかしくなった。

この鰹節は、引っ越しのときに甥嫁のきえが「よかったらお持ちください」ともたせてくれたものだった。使いかけだけれど、とびきり美味しいものなので、と。きえがいったとおり、雑味のない出汁がとれ、ひとり暮らしに彩りを加えてくれた。

鰹節が小さくなったのは、自分が美味しく食べてしまったからだ。

食べればなくなるのではない。食べたものは自分の血となり肉となり、おいしく食べたという記憶も胸に刻まれる。

さゆは鰹節の欠けた小さなかけらを包丁の背でつぶすと、醬油瓶にぽとんぽとんと落とした。

欠けたり小さくなった鰹節は、こうして砕いて醬油にいれておけば出汁醬油になる。無駄はなかった。

鍋を熱してごま油をひき、一寸（約三センチメートル）に切った蕗を炒め、鰹出汁と砂糖、醤油、味醂、鷹の爪を加え、煮汁が少なくなるまで煮て、蕗の含め煮を作った。

茶の間にお膳を運び、いただきますと手を合わせる。

筍の昆布煮の豊かなうまみ、蕗のほろにがさと歯ごたえの良さ、春らしい味と香りがたまらなかった。

炊きたてのご飯の甘みが増すようで、いつもよりもよけいに箸がすすむ。

折を見て、鰹節を求めに行こうとさゆは思った。少々値がはっても、上質な新しいものを買って、気持ちよく料理して美味しく食べ、機嫌よく暮らそう。

煙窓からふっと風が入ってきた。あったかい春の宵（よい）の風だ。

――すべてを持っていても幸せではない人もいる。住む家と食べる物があり、人とつながって暮らせれば、人はいくらでも幸せに生きられる。

霞のその言葉は、真実だと思った。

第三話　花かつお、香る

「蒲公英」では、乾物問屋の隠居・伊兵衛と、小間物屋のふくが、一枚の読売を前に、初鰹の話題で盛り上がっていた。

「三両とはねえ」

「さすが歌右衛門」

「恐れ入谷の鬼子母神だよ。役者は儲かるんだな」

「千両役者だもの」

先日、日本橋魚河岸に入荷した十七本の初鰹のうちの一本を、中村歌右衛門が三両で買い、楽屋中に振舞ったという。

読売には、鼓ではなく大きな鰹を持って見得を切る、源九郎狐に扮した歌右衛門が描かれている。ご丁寧に、その脇には小判を三枚ぶらさげた、しだれ桜も見える。

『義経千本桜』の源九郎狐は、歌右衛門の十八番だった。

源義経の愛妾・静御前が鼓を打つと現れる源九郎狐が、家臣・佐藤忠信の姿に化けて静御前の警護をするのだが、実はこの鼓、源九郎狐の親狐の生き皮で作られた代物であり、親を思う狐の心と、親や兄との縁が薄い義経の憐れが江戸の人の涙を誘うのである。

だが、読売の歌右衛門は憐れどころか、してやったりといわんばかりの晴れ晴れとした表情をしている。

いくら千両役者といっても、三両の鰹は法外だ。三両一人扶持（年俸が現金三両と米一年分）の武士がごろごろしている世の中、鰹一本にその金額をぽんと払ってのけたのである。

「初物七十五日というけど、てっぺんかけたかの、天上知らずの高値の鰹だねぇ」

「食べたいねぇ。いつになったら食べられるのかしらん」

ふくがはぁ〜っとため息をついた。

江戸っ子は負けず嫌いで、初物には目がない。初物を食べれば七十五日、寿命が伸びるともいわれている。

あまりの初物への過熱ぶりに幕府が「鮎、鰹は四月、鮭は九月、鮟鱇は十一月、白魚は十二月より販売すべし」とお触れをだしたことさえあった。

野菜も同様で、初夢に見たい縁起物の野菜で、「成す」に通じる茄子の初物に一個一両という値がついたこともあった。

そこで、魚だけでなく「生姜三月、筍四月、茄子五月、白瓜六月……」という野菜の早摘み取り禁止日の布告まで出された。だが、どれもたいした効き目はなかった。

なぜならとにもかくにも我先にと調子に乗って争って、大騒ぎして初物に飛びつくのが江戸っ子だからだ。

中でも縁起が良いともてはやされる初鰹はその筆頭で、鰹が「勝つ男」に通じ、女房の晴着や蚊帳を質に入れてでも手に入れようとする輩がいるとまでいわれている。

そのとき、通りから威勢のいい声が聞こえてきた。

「鎌倉の『つり魚』でござりやす、見なせえ、魚のたちがちがいやす。かつお！　かつお！」

伊兵衛とふくは顔を合わせた。

「鎌倉の鰹だって」

「こうしちゃいられない」

ふたりはさゆに代金を渡すと、そそくさと店を出て行く。さゆもじっとしていられなくなって、外に出た。

鎌倉沖で取れた鰹は最上級品である。脂がのって、形も味もいいといわれる。

すでに棒手ふりの魚屋のまわりには人だかりがしていた。

ふくは人をかき分けて近づくと、よく通る声で尋ねた。

「おいくら？」

「一両でさぁ」

「うわぁ、それじゃあまだ手が出ないわ」

人の輪が一気にどよめく。魚屋も負けていない。

「歌右衛門さんが三両だしたものより上物だ。一両なら、ただみたいなもんだよ」

「少しまからんかな」

伊兵衛が声を張り上げる。

「旦那さん、そうしたいのは山々だが、勘弁しておくんなせぇ。縁起もんですぜ。ポンときっちりお買い上げくだせえよ」

ふくと伊兵衛の嫁が、右と左から駆けてきたのはそのときだ。ふたりは棒手ふりとの間に割って入った。

「おっかさま、往来で大声をだして。まさか一両で買おうっていうんじゃないでしょうね」

「だって初鰹」

「必ず立派な鰹を手に入れますから。気持ちよくいただくためにも、もうちょっとお待ちください。これじゃお金を食べるようなもんですよ」

ふくの嫁がまくしたてれば、伊兵衛の嫁も水をさすようにいう。

「おやじさま、調子に乗って、がま口をださないでくださいませ」

「しかし長生きが……」

「これを食べなくても長生きなさいます」

そのとき、ひとりの男が魚屋の前に立った。

「その鰹、私がもらおう」

一瞬、場がしーんとし、わぁ〜っと人々から歓声があがった。

男は、扇子屋「清原屋」の主・四郎右衛門と名乗り、店に届け、奥でさばくように魚屋にいった。

四郎右衛門は如才なく、伊兵衛とふくに声をかける。

「伊兵衛さん、おふくさん、あとでお届けしますよ。こんなに大きな鰹、いくらなんでもうちだけじゃ食べきれませんから。いつもお世話になってるお礼に、お福分けです」

四郎右衛門は四十歳をひとつふたつ越えたばかりだが、判じ物を洒落た絵柄にした扇子を売り出し、評判をとっている。

九頭の馬が駆ける「うまくいく」、六つの瓢箪が並ぶ「無病息災」、トンボが飛んでいる「勝ち虫」、千をとることから多くを得るを意味する「千鳥」の意匠などが特に人気があった。

紙の扇子だけでなく、近ごろでは友禅染めの絹地をはったものも売り出し、話題になっていた。

追い風に乗っている店の主に、一両の初鰹はふさわしい。人々が手を打つ中、四郎右衛門はにこやかに笑い、去って行った。

「さすがは清原屋さんだよ」

「うまかったなぁ」

お裾分けをしてもらったふくと伊兵衛は、初鰹と四郎右衛門の話を得意げにしていたのだが、それからわずか三日後、ふたりはみるからに暗い表情で蒲公英に現われた。

二日前の晩、四郎右衛門は寄り合いの帰りに行方知れずとなり、昨朝、堀に浮かんでいるのが見つかった。

昨晩は、四郎右衛門の通夜だったという。

「初鰹を分けてくれた翌晩だよ、四郎右衛門さんが堀に落ちたのは。こんなむごいことがあっていいものか」

その夜は雨がしとしとと降っていた。そのせいで視界が悪く、四郎右衛門は不運にも足を踏み外し、堀に落ちたものと思われた。

「堀の水かさがあがっていたんだって。初物を食べて長生きするはずだったのに。まだ四十がらみのいい男なのに、もったいない」

ふくと伊兵衛がしきりにため息をもらしていたのは、そのせいだけではなかった。

通夜の席で一騒動あったのである。

坊さんがお経をあげていたとき、主の忘れ形見だという少年を連れた女があらわれたという。

「通夜に隠し子なんてなぁ」

「あんまりよ。その女、深川住まいの長唄の師匠だっていうんでしょ」

「そういっていたな。滅法色っぽい女だったが」

低くつぶやいた伊兵衛を、ふくは目の端で軽くにらんだ。

「殿方はすぐにこれだから」

伊兵衛は頭をかき、苦笑するしかない。

清原屋に乗り込んできた女の名前は久美、男の子の名は五郎太だという。

「四郎右衛門さんの前の女房が亡くなったのは、確か十四年前だろう。だったら女のひとりやふたりいても不思議じゃねえや」

伊兵衛がいうと、ふくは口をとがらせ、頬杖をついた。

「まあねぇ」

「子どもはまだ五歳だっていうじゃねえか。さっさと家に入れちまえば良かったのになぁ」

「伊兵衛さんは簡単にそういうけど、清原屋さんには年頃の娘さんもいるし、遠慮もあったんじゃないの？」

さゆはふたりの話を聞くともなしに聞きながら、初鰹を買っていた四郎右衛門の姿を思い出した。

背は高くないが、恰幅はよく、凛々しい顔をしていた。笑うと目がなくなり、温厚さがあふれでる。すっきりと紬の着物を着こなした四郎右衛門は、さゆの目にも男前に映った。

つくづく人の命は不思議だと思わざるをえない。あの意気揚々とした男が翌晩に、この世を去ったのだ。

残されたのは、長女のマス十八歳、次女のとみ十五歳、六十すぎの母のウメ、そして隠し子と妾である。

四郎右衛門の無念さを思うと、さゆの胸が詰まる。

二人の話は続いていた。

「娘さんはいざ知らず、おウメさんもご親戚も何一つ知らなかったなんてねぇ。ほんとに四郎右衛門さんの隠し子なのかしら」

ふくは眉をよせてつぶやく。

「その女、四郎右衛門さんの子だって証拠を持っていたというじゃないか」

久美は、五郎太が自分の息子であること、いずれは久美を後添えとして清原屋に迎えるつもりだと記された四郎右衛門の書き付けを、ウメの前に差し出したという。

書き付けを見た番頭は、紛れもなく四郎右衛門の字だと認めた。書き付けには印鑑まで押していたらしい。つまり、四郎右衛門は、折を見て、久美と五郎太を家にいれるという約束を交わしていたことになる。

久美は掛け軸も持参していた。

――五郎太が生まれたときに、あの人が贈ってくれたものでございます。

歌川豊国「緋鯉」であった。

激しい流れに逆らい登り切った鯉は竜に変わるという故事があり、男の子の祝いには鯉がつきものだった。

それにしても豊国の掛け軸とは豪勢な話だ。

役者絵、美人画、読本、絵本、合巻の挿絵など幅広い分野に活躍している当代一の人気画家で、門人には歌川国政、国長、国貞、国安、国丸、国直、国芳、国虎などがいる。

久美は、版元「和泉屋」に聞いてもらえれば、四郎右衛門が五郎太の誕生を祝い、五年前にこの掛け軸を買ったという証拠がきっと残っているはずだともいった。

「おウメさんは立派だったよ。その女に、話は野辺送りが終わってからにしてくれとぴしっといったんだから」

「でも女はその後も、息子と一緒に野辺送りに参列させてくれと頼み続けたんだろ」

「いけずうずうしい。おウメさんがはねつけたのも当たり前だ。そうじゃないかい？　息子や父親が死んだってだけで家族のもんはいっぱいいっぱいなのに。そんなこんなで次女のおとみさんは、ひっくり返っちまうし。おマスさんだって、じっとひざをつかんで、唇をかんで……気の毒で見ていらんなかったよ」

鼻息荒く、ふくがいう。ウメの加勢を買って出ているようだった。

「おマスさんは婿取りが決まっているんだってな。万が一、隠し子を跡継ぎにしてくれなんて女が言い出したら、たまったもんじゃないしな」

今まで冷静を保っていた伊兵衛も、ふくにあおられたように苦々しくつぶやく。

伊兵衛もふくも、長居は禁物と早々に通夜から帰宅したが、今朝になって清原屋から野辺送りは身内だけで行うという連絡がきたという。

「仏さんにどうしたらいいのか、聞くわけにもいかないしなぁ」

「伊兵衛さんは大丈夫？」

「大丈夫って何が」

「通夜の席に隠し子がぞろぞろ出てきたりしたら、とんだことになるわよ」

伊兵衛はふくにむかって手を横にふり、苦笑した。

父親の通夜に隠し子があらわれるなんて清原屋の娘たちも気の毒だし、母親に連れられて来て邪険にされた五郎太という少年も身の細る思いだっただろうと、さゆの口から、思わずため息がもれでた。

いちばん立つ瀬がないのは、亡くなった当の四郎右衛門である。

ふたりが帰って間もなく、小夏が顔をだした。

小夏も清原屋の通夜に行っていた。

「おふくさんほどじゃないけど、私もおウメさんとは、割合親しくしていたのよ。頼りにしていた息子に先立たれるなんて。それでも孫娘たちのために気丈に力を振り絞って、通夜を仕切っていたのに。……これから一騒動は避けられないわねぇ。孫娘たちはまだおぼこだし、息子がしでかしたことだから、おウメさんが引き受けるしかないだろうねぇ」

長女・マスは最初の女房・楓との間にできた娘だという。だが、女房は産後の肥立ちが悪く、間もなく命を落とした。

その後、四郎右衛門は芸者・春花とわりない仲になって、一緒になり、次女・とみに恵まれた。けれど春花もその一年後に流行り病で亡くなった。

以来、母親は違っても、しっかりもののマスがとみの面倒をよくみて、ふたりは腹違いとはいえ仲がよかったと、小夏はいった。

「家庭円満で、奉公人からも慕われ、商売も順調で……そういう人がふっといなくなって、思いも寄らぬやっかいごとを置いていくなんて。神も仏もないような気がしちまうよ」

「そんなばちあたりなことをいって。小夏ちゃんたら」

「気の毒すぎてさ」

ぐすっと小夏は鼻をすする。

ふたりがしんみりしかけたとき、戸が開いて、軽やかな若い男の声がした。

「おさゆさま、伊織でござる」

戸口に背の高い、姿のいい若侍がたっている。

途端に、さゆの顔がぱっと明るくなった。

「まあ、わざわざこんなところにおいでいただいて」

「……知り合い？」

袖をひいた小夏にさゆがうなずく。

「お久しぶりでございます」

男は礼儀正しく腰をおり、ひどく懐かしげな声でいった。

「まさか本当に茶店を開かれたとは……」

それから、派手な襷に前掛け姿のさゆを見て、眉先をもちあげた。おもしろいものを見たといわんばかりに、目が笑っている。

さゆははっと襷に手をかけ、目をふせた。

「派手でしょ。こんなおばあさんが」

「いやいや、意外にお似合いで……」

邪気のない笑みが伊織の顔いっぱいに広がる。

「店の名は蒲公英だとお聞きしたとき、なるほどとひざを打ちました。おさゆさま、蒲公英がお好きでしたよね。春先になると道ばたでもどこでもぱっと花を咲かせて、ふわふわの綿毛に風をうけ種を飛ばすのがおもしろいって」

「覚えていて下さったんですか」

「覚えております。綿毛の蒲公英を見つけると、おさゆさまは息をふきかけて。子どもだった私にも、ふうしてごらんと言って下さって。殿様も蒲公英とはおさゆらしい名だ、とおっしゃっておりました」

小夏がまたさゆの袖をひいた。

「おさゆちゃん……座ってもらった方がいいんじゃない？」

さゆは自分の額を叩いた。

「私ったら。……どうぞどうぞ。こんなところではございますが、お座りくださいませ」

「はっ。では失礼して」

隣の腰掛に座った伊織が会釈すると、小夏は思い切り上等な笑みを浮かべた。

伊織はくっきりとした目鼻立ちで、町人風の粋な銀杏髷がよく似合っている。

「こちらは私の幼馴染の小夏さん、蠟燭問屋『山城屋』のご隠居さんよ」

「初めまして。小夏と申します」

「こちら、私が奉公をしていた池田家のご用人で、今は内与力をなさっている宮下伊織さまです」

「おさゆさまには赤子のころから、お世話になり申した」

「あの……内与力って町奉行所の？」

小夏はそうつぶやくと、伊織を改めて見た。

紋付きの黒羽織に、平袴、白足袋に白鼻緒の雪駄をはいた与力特有の姿である。蠟燭問屋の楽隠居で怖いものなどない小夏だが、与力となると、さすがに敷居が高いのだろう。小夏は遠慮がちに目をしばたたいた。

伊織は、奉行所付きの役人ではなく、北町奉行である峯暉の直属の家臣である。

南・北両町奉行所には二十五名ずつ幕臣の与力がいるが、このうち各二名は奉行個人の家臣である内与力で、伊織もそのひとりだった。

他の与力の役宅は八丁堀にあるが、内与力の役宅は奉行所内にあり、文字通り、伊織は峯暉の手足となって動いている。

峯暉は池田家を離れたさゆを気にかけてくれ、たびたび「どう暮らしているのか見て参れ。話し相手になってこい」と伊織にいいつける。

伊織は執務の合間を縫って、「いわし屋」に顔をだしては、池田家の近況をつぶさに伝え、ときにはおもしろい話も披露して、さゆを喜ばせてくれた。

「本日、お伺いしたのは……」

伊織は抱えていた風呂敷からごそごそと大きな桐箱を出すと、さゆの前においた。

「殿様から祝いの品でございます。どうぞお納め下さい」

「お祝いって……」

「開店祝いだそうでござる。蓋を開けてとくとご覧あれ。懐かしいお品でございますよ」

伊織に強く勧められ、さゆは蓋をあけた。とたんにさゆの口が驚きのあまり、ぽかんと開いた。

中には唐津のふっくらとした水差しが収められていた。土味の地にとろりとした薄茶色の釉薬がかけられていて、三方に葉先がすっと切れ上がったような笹が描かれている。

美恵の水差しだった。

この水差しを、美恵は花入れとしてよく使っていた。

さゆが十五歳の三月、初めて美恵にお目見えしたときにも、この水差しが床の間に飾られていた。

そのとき、生けられていたのは、サンシュユだったことを、今もはっきりと覚えている。早春に小さな黄色い花が枝いっぱいにつくサンシュユが形良くたわめられ、柔らかな曲線を描いていた。

美恵は、好んで枝物を生けていた。椿、桜、柳、小手毬、ユキヤナギ、ドウダンツツジ、ナツハゼ、ヒバ、南天、水木……。

――花だけではなく、若芽も、葉も実も、長く味わえるでしょう。少したわめれば別の顔もみせてくれる。枝物は楽しいわ。

そういいながら、縁側で美恵が折々、この水差しを前に、枝物に鋏をいれていた姿がまぶたに鮮やかに浮かび、さゆは思わず涙ぐみそうになった。

さゆは伊織に向き直ると、首を横に振った。

「……お気持ちはありがたいのですけれど、こんな大切なものを私がいただくわけにはまいりません」

押し戻そうとしたさゆの手をとどめ、伊織がにやっと笑う。

「そういうであろうと、殿様もわかっておられました。だからといって、伊織、おめおめと持って帰ってでもきたら、子どもの使いにも劣ると釘をさされております。殿様からどんなおしかりをうけるかわかりません」

「でも、これはお美恵さまの……」

「蔵にしまいこんでいるより、おさゆに使ってもらった方が母上もよろこばれるだろうとおっしゃっておりました」

「もったいない」

さゆは水差しをそっと手でなでた。

――おさゆが使ってくれるなら、それがいちばん。

美恵の声が聞こえた気がした。帯や着物、瀬戸物をさゆに下げ渡すとき、いつも美恵はそういっていた。

そっと顔をあげると、伊織と目があった。伊織の黒目がちな目が優しく光り、軽くうなずく。

さゆは姿勢を正した。

「わかりました。ありがたくお預かりさせていただきます」

「お預かり？」

にやっと笑って、伊織は頭に手をやり、砕けた調子で言う。

「まいったな。殿様のいうとおりだ。おさゆさまが何をいうか、全部殿様はお見通しなんですよ。おさゆさまがお預かりといったら、それには及ばぬ、というようにとも、いいつかってまいりました。これじゃ、やっぱり、子どもの使いですな」

笑った伊織の顔を見つめ、さゆは胸に手をやった。

「そこまでおっしゃるなら……ありがたく頂戴いたします。ほんとによろしゅうございましょうか」

「そうでなくては困ります。……やれやれ、これで肩の荷がおりました」

伊織はほっとした顔になった。

さゆが団子とお茶を召し上がっていってくれというと、伊織は「ぜひに」と調子よくうなずいた。

とろりとたれがかかった焼き団子を、伊織は息もつかず、あっという間に三本平らげた。思わず、小夏が「いい食べっぷりねぇ」とつぶやいたほどの勢いだ。

「お殿様はお元気でいらっしゃいますか」

「御用繁多でお忙しくしていらっしゃいますが、お元気です」

「お鶴さまはいかがなさっていますか？」

「おかげさまで変わりありません。近ごろでは早く孫の顔が見たいと、しつこくいだして困っておりません。こっちはそれどころではないのに」

鶴は伊織の母親だ。

さゆは伊織が生まれたときから知っている。

父親の久兵衛は忠義な男で、母親の鶴と仲むつまじかったが、四年前に病に倒れ、一年ほど闘病した後、はかなくなった。

その葬儀の奥を取り仕切ったのも、さゆだった。

以来、伊織は母の鶴と二人暮らしである。

鶴は薙刀の名人で、美恵やさゆ、女中たちに稽古をつけたこともある。薙刀をふるう無駄のない動きは舞を思わせるほど美しく、隙がなかった。料理も針仕事も申し分ない。倹約につとめながらも、つきあいは滞りなく行い、家の中は常に磨き上げられている。鶴は、何をさせてもそつがなく、武家の女の手本のような人物なのである。

「伊織さまは、お鶴さまの一粒種ですもの」

「暇なんですかね」

伊織は苦笑しながら、にべもなくいう。

「暇じゃなくても、子どものことは気になるものでしょう」

この手の話は不得手らしく、伊織は話題を変えた。

「いや、うまい。おさゆさまの団子、また食べに来てもいいですか」

「どうぞどうぞ、大歓迎ですよ。いつでも顔を見せて下さいませ」

帰り際、伊織は小さな箱を差し出した。

「これは私からの。つまらないものですが」

「え？」

照れ隠しのように、伊織はがりがり頭をかき、「それじゃ」と逃げるように帰って行った。

伊織の箱を開けると、小さな招き猫が入っていた。

「これ、最近評判の今戸焼よ」

小夏によると、右手を上げている猫は雄猫で、金運や、幸運を招く。左手を上げている招き猫は雌猫で、商売繁盛や良縁など、人に関する福を呼び込んでくれるという。

その猫は左手を上げ、その上、右手には小判を持っていた。

頭の上には紐がついていた。さゆがその紐をつまみあげると、ころころと音がする。ただの人形ではなく、土鈴だった。

小夏がくすっと笑う。

「商売繁盛と金運の両方を招いてくれる欲張りな猫の土鈴なんて、初めて見た」

「かわいい」

さゆはもう一度、紐を揺らす。またころころと音がした。

小夏は招き猫を見つめながら感心したようにいう。

「鈴を鳴らすたびに、お金と客がまいこんできそうじゃない……ってことは、あのお侍がわざわざおさゆちゃんのために、これを買いに行ってくれたってこと？」

「たぶん」

「いやだ、うらやましい」

さゆはちょっと胸をはる。

「小夏ちゃんにうらやましいといわれるなんて、あ～、いい気分だわ」

「いい男だし」

頬（ほお）をふくらませた小夏を見て、さゆはけらけらと笑い出した。

「でも孫みたいなものよ。確か今年二十歳になられたばかりだもの」

「とすると、うちの上の孫と三つ違いか。……人の子はしっかりしてみえるのねえ。うっかりぽ～っとなるところだった」

「子どもの頃はとんでもなくやんちゃだったんだけどね」

「そんな風に見えないけど。ほんとに？」

さゆは穏やかにうなずいた。

「近所の町人の子まで子分にして遊んでいてね。町対抗の凧合戦に出て大勝ちをしたのはいいんだけど、それを恨みに思った隣町の悪ガキたちに待ち伏せされて大げんか。血だらけになって戻ってきたときには肝が縮んだわよ。私、こう見えて、案外、怪我の手当がうまいのよ。それもこれも、伊織さまのおかげなの。幼い頃から、怪我するのはしょっちゅう、擦り傷切り傷を作った友だちまで、片っ端から屋敷に連れてきちゃうんだもの」

「それで頭が上がらないから、おさゆさまなのか。いくら女中頭だったとはいえ、向こうはお侍なんだから、おさゆさんでしょう、普通」

「さんにかえてほしいって何度もいったんだけど」

だが、さまと呼ぶたびにしっかり者のさゆが困った顔をするのがおもしろいと伊織はかえって喜ぶ始末で、そのままになってしまったのだ。

「親が甘やかしたんじゃないの？」

「とんでもない。母上のお鶴さまは懐剣が着物を着て歩いているようなしっかりした人で、ずいぶん厳しくしつけていたのよ。父上の久兵衛さまは温厚な人だったけど、こんな聞きわけのない息子では殿様のお役に立てないって、伊織さまを木に縛り付けたりもしたの。……でも、家から一歩外に出たら、子どもたちが伊織さまにわ～っと寄ってきちゃうんだもの」

「今のあの姿からは想像もできない腕白ぶりね」

小夏は首をのばしていった。

「だから私もはらはらしていたの。根はまっすぐだってわかっていたから、よけいはがゆくて」

手習いの成績は推して知るべしであったが、人の気をそらさず、ものごとの判断も悪くなく、機転もきく。鶴の血なのか、伊織は身のこなしが軽く、剣術も文句なしの腕前であった。

「やっとうもうまいのね。それじゃどうしたって親分に祭り上げられちゃうわ」

「そうなのよ。でも父上が亡くなられて出仕するようになったらようやく腰が据わって、私でさえ胸をなでおろしたの、お鶴さまはどれだけほっとしたか」

「早く、誰かと一緒になって落ち着いてほしいと思う母親の気持ちもわかるわね。あとのことは嫁に頼むって。でもあのいい方じゃ、それもまだまだ先じゃない？」

「たぶんね」

武家の妻として非の打ち所のない鶴を納得させる娘は、そうそういないだろうとも思う。

さゆは招き猫の土鈴を、飾り棚の中段に置いた。どこかすっとぼけたような顔をしているところが、伊織に似ていないこともない。

その日は早々に団子が売り切れ、さゆは暖簾を早めにおろした。

湯屋からの帰りに、野辺送りを見かけた。

高灯籠に先導され、籠から米や紙吹雪を撒く人、そして棺をかつぐ男が続く。

位牌、香炉を持つ白着物の娘を見て、清原屋の主の葬列だとわかった。

小さな男の子を連れた女が葬列の後を、とぼとぼと追っていた。久美と五郎太母子と思われた。

清原家の人々は隠し子が突然現われ、どれほど驚き、傷ついたことだろう。

きれいごとで慰めて終わりにできる話ではなかった。

しかし残された清原家の家族も、隠し子の母子もこれからも生きていかなくてはならない。どちらも賢くたちまわらなければ、苦しみと憎しみに呑み込まれてしまいかねない。

夕闇の中に消えていく葬列に、さゆはそっと手を合わせた。うなだれた男の子のうなじの細さが切なかった。

伊兵衛とふく、小夏の三人は、蒲公英で顔をあわせるたびに清原家の話となった。

　息子の五郎太に清原家の身上を譲れと、妾の久美がいいだして、お家騒動になるのではないかとふくは危惧（きぐ）していたが、野辺送りの行列の最後に着いて歩くことを許された久美は、翌日再び清原屋に顔をだし、「これで気が済みました。ありがとうございました」と静かに頭を下げて、帰って行ったという。

　そして本日、小夏がまた新しい話をもたらした。

　久美は清原屋を訪ね、四郎右衛門に買ってもらった仕舞屋（しもた）をどうすればいいのかと、自分から訊いたというのだ。

「えっ？　旦那からもらった家を、自分から出て行ったほうがいいのかって訊いたっていうの？」

　あきれた顔でいったふくに、小夏は「そ」とうなずく。

　ふくはにべもなく首を横に振った。

「妾がそんなことをいうかしら。家を返してくれといわれかねないじゃない？　子どもはまだ五歳なんでしょ。これから女ひとりで育てるのは大変よ。お手当を運んでくれていた四郎右衛門さんはもういないんだし。そんな話、聞いたことないわ」

　気炎をあげたふくに、小夏は相槌（あいづち）をうった。

「そうよねぇ。母親なら、子どものためにもここは踏ん張りどころだとがんばって家を死守しようとするものよ」

「やっぱり何かたくらんでんじゃないの？」

ふくは首をすくめた。

すると、今まで黙って聞いていた伊兵衛が口を開いた。

「久美って女、清元（きよもと）の師匠で結構、繁盛しているらしいぜ。弟子には大店の隠居たちがぞろっと揃（そろ）っているそうだ」

「そうなの？」

伊兵衛は、有名な旦那衆の名前を列挙する。

「他にも、旦那がいたりして……」

ふくはためらいもせずに、棘（とげ）のある言葉をはいた。

「それはわからねえけどな、商売をしていた親が残してくれたものがあるみたいなことも、ちらっと聞いたぜ」

「そもそも、あの五郎太って子ども、本当に四郎右衛門さんの子どもなの？　死人に口なしで、わかりゃしないじゃない」

ふくは少しこもったような声音でいった。

うむと伊兵衛があごをひいた。

「鯉の軸装だがな、版元の和泉屋の番頭が、確かに四郎右衛門さんが注文したものだと証言したそうだよ」

「和泉屋の番頭がいったなら確かよね」

小夏が伊兵衛にうなずく。ふくは、ふんと短く息をはいた。

「それで、家を何するって話はどうなったの？」

「おウメさんが追ってお知らせすると、お久美さんに言い渡したって」

「そうこなくちゃ。甘い顔をしていたら、どこまでしゃぶられるかわからないって」

ぴしゃりとむち打つような声でふくはいった。

ふくは五郎太・久美母子を清原家に仇なす者と決め込んでいるようだった。

先日、小夏から聞いたことを、さゆは思い出した。

ふくは若い頃、旦那の浮気で散々苦労したらしい。

下の子が二つ、三つのころだ。旦那は深川芸者といい仲になり、夫婦になる約束をして、ふくを家から追い出しにかかったという。

口うるさい舅姑とも折り合いがよくなかったため、かばってくれる人もなく、ふくは仕方なく本所の実家に帰った。だが、きかんきでならす芸者がきつい舅姑とうまくいくわけはなく、しばらくしてふたりは別れた。

旦那が詫びをいれてきて、ふくが元の鞘に戻ったのは一年後だった。ふくが家に戻ったのは子どもたちのためだったという。以来、ふくは旦那と閨は別にし、口をきくこともほとんどなくなった。舅姑とも打ち解けはしなかった。

旦那は公然と女遊びを続け、ふくは子どもを育て上げ、舅姑、旦那を見送った。

——舅姑、旦那。この三人がこの世からおさらばするまでは、私は泣かない。死なない。生き抜いてみせる。

何かの折に、若き日のふくが、小夏にそうつぶやいたことがあるという。見た目はどこにでもいるような楽隠居だが、ふくは胸に怒濤吹き荒れる、ぞっとするほど厳しい日々を送ってきたのだ。

それから五日ばかりした日、早めに団子が売り切れたこともあり、さゆは八つ半（午後三時）すぎに、店の暖簾をおろして、出かけることにした。

行き先は御茶屋の「山本」である。店用の煎茶と、峯暉と伊織へのお返し用の抹茶を吟味するためだった。

さゆは買い物が好きだった。馴染みの手代が次々におすすめのお茶を淹れては、茶にまつわるうんちくを語る。その話に耳を傾け、味、香り、色……五感をとぎすませた。真剣であればあるほど、買い物というものは心が躍るものだと思う。

いくつかの茶を選び、贈答用の抹茶もきれいに包んでもらい、外にでると、もう夕暮れが近かった。

鰹節屋にも足を伸ばしたかったが、それはあきらめ、帰路についた。

近ごろでは用向きは一日にひとつと決めている。

町に出たら、あっちもこっちもと、何軒もの店を次々にまわり、買ったものを山と抱えて帰ったのは、いつまでだっただろう。三、四軒店を見てまわったところで、疲れたりはしなかった。

だが今はそうはいかない。欲張ってやりたいことを全部やったら、後から疲れが出る。つけが必ずまわってくる。

まずは食事の用意などしたくなくなる。それより横になりたくなる。料理をしたり、食べるのが面倒くさくなるなど、若いときには想像もしなかったのに。

これまで使ってきた体を長持ちさせるために、やりたいことと、しなければならないこととの折り合いをつけねばならない年齢になったのだ。

家に戻り、店の片付けをしていると、ドンドンと戸を叩く音がした。

「大叔母さま、鮎でございます。いらっしゃるなら、あけてもらえませんか？」

「鮎？」

さゆは急いで心張り棒をはずし、戸をあけた。

友禅（ゆうぜん）の華やかな着物を着て、髪には赤い手絡（てがら）をつけた鮎がそこに立っていた。

鮎は実家いわし屋の主人である甥（おい）の娘である。六月生まれで、元気に川を泳ぐ鮎のように育ってほしいと名付けられたのに、食も細く、体力もなく、幼い頃は疲ればすぐに熱を出してしまう子だった。

奉公から戻ってきたさゆの離れに、鮎はちょくちょく顔を見せてくれた。おとなしく口数は多くないが、素直で笑顔が愛らしく、そこにいてくれるだけで心が和む。ふたりで四方山（よもやま）話をしたり、飼い猫の茶トラのマルを連れてきて、その仕草に目を細めたりするのは楽しかった。

今浦島のさゆをさりげなく気づかってくれた鮎は、さゆの引っ越しの日、目に涙を溜めて見送ってくれた。

けれど鮎が十六歳になった今も、両親は無理をさせないようにと腫（は）れ物に触るように扱い、稽古事以外、家で過ごさせている。同年配の女友達と出かけることさえほとんどない。

寄り道をしたこともなさそうな鮎が、どうしてこんな時間にここにきたのだろう。

そのとき、鮎のおつきの女中スミの後ろから、伊織がひょいと顔を出した。伊織は小さな男の子の手を引いていた。

さゆが戻って以来、伊織はいわし屋にも何度か訪ねてきたので、鮎とも顔見知りではある。だが、この取り合わせは思いも寄らないものだった。

「とにかくどうぞ、中にお入りなさいな」

さゆは急いで飾り棚の上の行灯（あんどん）に、火を入れた。

ぽっと店の中が明るくなる。

鮎がこの店に来るのは初めてだ。鮎は一瞬、ものめずらしげに店内を見渡した。伊織にうながされ、鮎は腰掛に座った。その隣に伊織、うつむき続けている男の子、スミの順で腰をかける。

「どうしたの、この子」

鮎は訥々（とつとつ）と話し出した。

お針の稽古の帰り、鮎は久しぶりにさゆに会いたくなって、本小田原町（ほんおだわらちょう）まで足を伸ばしたという。

「いえ、用事があったんじゃないんです。ただ大叔母さまのお顔を見たくなって。今日は、いいお天気でしたし」

すると、橋のたもとで、この男の子が泣きべそをかいていた。

「夕方も近いのに、そんなところで子どもがひとりでいたら、かどわかしにあうかもしれないでしょう。おスミは止めたんだけど、声をかけずにいられなくて……」

　びっくり仰天とはこのことだと、さゆは目を激しくしばたたいた。

　見も知らぬ子に、見知らぬ町で声をかける、そんな度胸が鮎のどこにあったのだろう。

　もしかしたら子どもとはいえ、掏摸の一味かもしれない、親に物乞いをさせられているかもしれない。関わって懐中のものをとられたり、つきとばされて怪我をおうことだってあるというのに。

「軽はずみでしたことじゃなくって。この子、身なりも悪くないし、髪もきっちり結ってある。顔をみると困っているんだってわかったから……。話をすると、どうやら迷子みたいで。でも番屋には行きたくないっていうの。どうしようと往生していたところに伊織さまが通りかかられて……」

　思わず鮎は、伊織に声をかけた。

　すると風呂敷包みを抱えた伊織も、さゆに会いに蒲公英に行くところだったという。

　伊織も番屋に連れて行こうとしたが、男の子がやはりいやだといってきかない。それでとりあえず、蒲公英に連れてきたという次第だった。

　その男の子が顔をあげた。

さゆははっとした。

清原屋の隠し子だ。

四郎右衛門の葬列のあとを母親と並んで歩いていたのは、この子だ。

さゆは火鉢の炭をおこし、鉄瓶の湯を沸かし直し、気持ちを鎮めながら番茶を淹れた。湯呑をそれぞれの横に置きながら、男の子の顔を改めてのぞきこんだ。

「お名前を教えてくれる？」

「五郎太」

背をまるくしたまま、男の子は小声でいった。

やっぱりだと、さゆは唾をのみこむ。

「いくつなの？」

鮎が横から聞いた。

「五歳」

「どこから来たんだ？」

今度は伊織がたずねる。

「深川」

「おっかさんは？　誰かと一緒に来たんだろ」

男の子は首を横にふった。

「おまえ、ひとりで歩いてきたのか。五歳なのに深川からここまで？　大人の足でもてえへんなのに。よく迷わず、こられたな」

伊織は侍言葉ではなく、ざっくばらんな町人言葉でいう。これが地でもある。

「何か用事があったのか？　よほどのことがなきゃ、深川からこんなとこまで歩いて来るわけがねえや。にいちゃんに聞かせてくれよ」

ちらっと五郎太は伊織を見上げる。

「力になれることなら、手助けするからさ。こう見えても、やっとうは強いぜ」

五郎太は、ぽつりぽつりと話し始めた。

「おいら、端午の節句と七五三に着る羽織袴と、刀をもらわないと……」

さゆと伊織、鮎の三人は顔を見合わせた。

「端午の節句？　七五三？　確かに端午のお節句はもうすぐね。男の子だから五郎太ちゃんも、今年七五三なのね」

鮎がつぶやく。七五三は三歳と七歳の女の子、五歳の男の子の祝いである。

「誰にもらうんだ？　祝い着を」

五郎太はだまりこくった。

さゆは思い切って五郎太にいった。

「五郎太ちゃんは、清原屋の四郎右衛門さんのお子さんでしょ」

五郎太の顔にかっと血が上った。五郎太はさすような目でさゆを見た。不安が目の色にあらわれている。

「どうして、知ってるの？」

「野辺送りのときに、私もこの店の前で手をあわせたの」

事情をわからずにいる伊織と鮎に、深い話ははしょって、五郎太が先日亡くなった四郎右衛門の外にできた子どもであることを伝えた。

さゆは身をのりだし、もう一度、五郎太に問いを繰り返した。

「その羽織袴と刀、誰が、五郎太ちゃんにくださるの」

「……おとっつぁん」

五郎太は糸が切れたように、また押し黙る。

「そうか、お父上が五郎太にくれるっていってたのか」

伊織は五郎太の背に手をあて、力づけるようにゆっくりさすった。

五郎太はこくんとうなずいた。

「おとっつぁんは、自分が小さいときに着た羽織袴と、刀をおいらにくれるって、ずっと前からいってたんだ」

「それをもらいに来たのか？　清原屋にひとりで？」

「……とりにきたんだ」

せいいっぱい生意気を気取って、五郎太は小さな胸をはったものの、声が震えている。

「偉いねえ。ひとりで来たなんて。でも、おっかさんにいってきたの？」

さゆがいうと、五郎太はそっぽをむいた。

「おばさん、五郎太ちゃんと歩いていたおっかさんを見たよ。五郎太ちゃんの手をぎゅっと握ってた、あのおっかさんが、五郎太ちゃんをひとりで深川からここまで来させるかな。今頃、心配しているよ、きっと」

五郎太の顔がゆがんだ。我慢ももう限界だったのだろう。

ときどきしゃくりあげながら、五郎太ははき出すように話し始めた。

野辺送りが終わり、羽織袴の話を持ち出した五郎太に、久美はいったという。

――おとっつぁんはもういない。その話は忘れよう。

――でも、おとっつぁんはおいらにくれるっていってたんだ。

――おっかさんが新しいものを買ってやるよ。

――おとっつぁんのものがいい。

――聞き分けのないことをいわないの。了簡(りょうけん)をおし。

何度も押し問答を繰り返し、いてもたってもいられなくなって、五郎太は本小田原町までやってきたらしい。

「おとっつぁんのことが好きだったのね」

五郎太はさゆにうなずき、ぐすっと鼻をすすりあげた。

そのとき、五郎太の腹がぐうとなった。

「おまえ、腹へってるんだろ。深川から歩いてきたんだもんな」

「大叔母さま、お団子は……」

「あいにく売り切れて……おにぎりでも作りましょうか。おにぎり、食べる？」

答えない五郎太にかわって、鮎がいう。

「食べるわよね。腹が減っては、戦はできぬっていうし」

自分で言って恥ずかしそうにしている鮎を、さゆは見返した。

男の子に声をかけたというのも驚きだったが、鮎がこんな砕けたものいいをするのを聞くのもはじめてだった。

突然、伊織があっといって、自分の頭を叩いた。

「おさゆさま、これを殿様が。うっかりしておりました」

伊織は風呂敷から、醤油瓶と細長い箱をとりだした。

紀州・湯浅の醤油と、土佐の鰹節だという。

「まあ、何よりのものを」

喉から手がでるほどほしかった鰹節だ。醤油も上物だと、思わず、さゆの顔から笑みがこぼれた。

町奉行には将軍家への献上の残り物がまわってくることがある。届け物も多い。藩の者や、あるいは大店の家の者が、間違いをしでかした際には内々でよろしくという意味で、天下一品の品物をあちこちから贈ってくる。

「伊織さまもおにぎり、食べるでしょ」

「ぜひに」

伊織は即座にいい、五郎太の顔を見る。

「このおばさんが作るおにぎりはうまいぞ」

「そうなの？」

すっとんきょうな鮎の声が響いた。

「え、お鮎さん、食べたことがないんですか。食べなければ大損ですよ」

「じゃ……私も」

さゆはそういった鮎に向き直った。

「鮎は遅くならないうちにお帰りなさい。この子のことは私と伊織さまにまかせて」

けれど、鮎はうなずかなかった。それどころか、わずかに口をとがらせている。

「でも、私がその子に声をかけたわけで、このまま帰るのは心残りです……」

いつになく鮎はぐずぐずしている。

鮎が珍しく自分に会いに来たのは、何か話があったからかもしれない。

「じゃあ、おスミさんに先に帰ってもらう？　うちに鮎がいると伝えておけば、おきえさんもよけいな心配はしなくていいし。帰りは私が送っていくから」

鮎は、ほっとしたようにさゆにうなずいた。

こちらもお腹をすかせていそうなスミに、さゆは大きなせんべいを三枚、紙で包んで持たせた。

それから三人を店に残し、さゆは奥の勝手に引っ込んだ。

箱から鰹節をとりだす。立派な本節だった。

生の鰹から頭と内臓を取りのぞき、一度煮た後に焙燻と呼ばれる燻す工程を十数回行い、荒節とし、さらにカビを付けて寝かす作業を何度も繰り返し、仕上げたものだ。

鰹節削りの鉋の台座を木槌で軽くたたいて、紙一枚分触れるぐらいに刃を調整する。続いて鰹節の表面についたカビを乾いた布巾で拭き取り、削り器にあてた。

削り始めの黒い箇所や残りカビの削り節は味が落ちるので、捨てるしかない。

それからが本番だ。しゃっしゃっと歯切れのいい音とともに、ふわふわの花鰹ができると、ひとひらつまんでさゆは口に入れた。すっきりとしたうまみが口いっぱいに広がり、さゆは満足げに微笑んだ。

次に梅干しを叩き、香り付けのたくあんをほんの少し細かく切り、花鰹とともに、冷や飯に混ぜて、小さなおにぎりをいくつも作った。

それを網にのせてあぶり、刷毛で表面に醤油をうっすらつけて、また焼く。

ときおり、伊織の笑い声に、鮎の笑い声が重なるのが聞こえた。

鮎が人前であんな風に笑うのは滅多にないことだった。

五郎太のことはどうしたものかとも思う。

清原屋に対して、気を張っている母親の気持ちをないがしろにするわけにはいかない。

他人がでしゃばっていいこととは思えなかった。

「さあ、どうぞ、召し上がれ」

三人の前の腰掛に、おにぎりを乗せた大皿を置くと、伊織が早速、手をのばした。

「これだよ。おさゆさまのおにぎりは」

伊織はたった三口で食べ終え、次のおにぎりに手を伸ばす。

「うめぇ」と、五郎太も夢中で食べている。

「ほんと美味しい」と、食の細い鮎も笑顔を見せた。

また伊織が次のおにぎりをほうばる。

何度、さゆは伊織にこのおにぎりを作ってやったことだろう。

けんかして、親に叱られるから家に帰りたくないと、勝手口からそっと入ってきた伊織におにぎりを差し出し、「親が叱るのは子どもがかわいいからですよ」となだめたこともある。伊織の怪我を手当した後で、おにぎりを作ったこともあった。

――こいつらに何か食わしてくれよぉ。

子分を十人以上も連れてきたときには、親分気取りの伊織のために、さゆは五十個ものおにぎりを作った。あのときは、大釜の米がすっかりなくなってしまい、美恵にその旨を打ち明けざるを得なかった。

――小さな幡随院長兵衛ね。

男伊達を売り物にし、強きをくじき弱きを助ける江戸随一の侠客・長兵衛に伊織をなぞらえて、美恵はうなずいた。そしていたずらっぽい目をして、今後またこうしたことがあれば、伊織にひとこと言い渡すようにといった。

――この米はつけにしておきます。いつか必ず、当家にお返し下さいね、と。

おにぎりを食べ終え、満足げにお茶を飲んでいる横顔を見ながら、伊織はあのときのことを覚えているだろうかとさゆは思った。

お腹がくちくなると、また五郎太の羽織袴の話になった。

「やっぱりもう一回、五郎太ちゃんとおっかさんとが話すしかないんじゃないかしら」

「でもダメだって」

五郎太は眉をしかめたが、さゆは負けずに説得にかかった。

誰のいうことも聞かなかったあのころの伊織をなだめることができたのは、さゆだけだったのだ。その大変さに比べればどうってことないと、自分を励ましながら続けた。

「おっかさんに、一生懸命、頼んでごらんなさい。それができるのは五郎太ちゃんだけよ。おとっつぁんが五郎太ちゃんにくれるといったのは、五郎太ちゃんに自分の羽織袴を着てほしい、自分の刀をあげたいと思っていたからよね。羽織袴をもらいたいというのは、五郎太ちゃんの欲だけじゃない。おとっつぁん、四郎右衛門さんの願いを叶えることでもあるわ。端午の節句に五郎太ちゃんが自分の羽織袴を着てくれたら、おとっつぁん、どんなに喜ぶだろう。喜ばせてあげたいよね。五郎太ちゃん、そう思っているんでしょ。その気持ちをちゃんと伝えれば、おっかさん、きっとわかってくれるよ」

こらえきれなくなったのか、五郎太の目にまた涙が浮かんだ。

「……坊主、わかったか。おさゆさまのいうとおり、おっかさんに思い切って向かっていけ」

「……」

「おっかないのか、おっかさん」

こくっと五郎太がうなずく。伊織は、うむとあごをひきしめた。

「おっかさんというものはおっかないものだ。にいちゃんも、いまだにおっかさんがおっかない。けどな、おっかさんにわかってもらえなきゃ、その清原屋さんって家の人にもわかってもらえねえ。おっかさんを説得できなけりゃ、何もはじまらねえ。それが世の中ってもんだ。五郎太はちっちゃいけど、おとっつぁんのためにもがんばらなきゃな」

「おとっつぁんが五郎太ちゃんの手を握って守ってくれていると思って、おっかさんにぶつかっていきなさい」

さゆが言い添えた。

「きっとおっかさん、わかってくれるさ」

伊織は五郎太の頭をなでた手を、自分の首のうしろにやった。

「いや、まいったな。五郎太のせいで、おさゆさまにこんこんと説教されていた自分を思い出しちまったじゃねえか」

鮎はくすくすと笑った。さゆは口をとがらせる。

「伊織さまったら、お人が悪い。私はお説教なんかしたことはございません、伊織さまに言い聞かせていただけでございましょう」

伊織はさゆをちらっと見て、声をひそめ、五郎太に話しかける。

「やさしそうにみえるだろ」

「そうじゃないの？」

五郎太が身をのりだす。

「やさしくて強いんだ。こうと決めたら一歩もひかねえ。だからにいちゃんは今も頭があがんねえ」

五郎太と鮎が、ひたとさゆを見つめた。

「いやですよ。人をからかって」

さゆは苦笑したが、結局みなで顔を見合わせて笑ってしまった。

五郎太をひとりで帰すわけにはいかず、伊織が深川まで送り届けることになった。

さゆも鮎を送っていこうと、四人は一緒に外に出た。

と、隣の番屋の前に人が数人立っていた。

「おっかさん」

　五郎太ははじかれたように、その中のひとりに向かって駆けていく。振り向いて五郎太を抱きしめたのは、久美だった。

　岡っ引きの友吉がいきりたって、さゆに向かってきた。

「おさゆさん、これはどういうわけだ？　どうしてこの子がそこにいたんだ。かどわかしにあったんじゃねえかって、騒ぎになってたんだぜ」

　さゆと友吉の間に割って入ったのは伊織だった。

「拙者がこの店に連れて行ったのでござる。その子が、橋のたもとで迷子になっていたゆえ、蒲公英で話を聞いておった。腹がへっているようだったので握り飯を馳走になった。この子の気持ちも落ち着いたので、深川の家まで送り届けようとしたところでござった」

　侍言葉で手際よくいった。伊織が与力の格好をしていると見て取った友吉は、ぎくっと首をすくめた。

「そちらさまは……」

「拙者は内与力の宮下伊織でござる」

　その瞬間、友吉がへへぇ～っと頭を下げた。

　久美は、さゆと伊織に向き直り、深々とお辞儀をした。

「ご迷惑をおかけしました。ご親切にしていただき、ありがとうございました。ひとりで飛び出していって、こんなところまで来るなんて。本当にこの子ったら」

草花模様の薄紫の着物に黒の名古屋帯をゆったりと締めた、久美の目の縁が赤かった。

「いいお子さんですね。気持ちも強くて、しっかりしていらっしゃる。ちょっとお話ししただけでしたけれど、おっかさんにも、おとっつぁんにもかわいがられて育ったということが伝わってきました」

さゆがそういうと、五郎太は嬉しそうな顔をした。

「面倒を見ていただいたうえ、お優しい言葉をちょうだいして、このご恩は忘れません。五郎太、お礼をおっしゃい」

「ばあちゃん、にいちゃん、ねえちゃん、ありがとう」

五郎太があっけらかんという。

「今度はおっかさんと、お団子を食べにきてね」

さゆは去って行く五郎太と久美に手をふった。

最初に人から「ばあさん」といわれたときは、もうとっくにばあさんであるにもかかわらず、おまえの祖母ではないという気持ちになったが、それが二度三度と重なると、慣れてしまうから不思議である。

いずれにしても五歳の五郎太にとっては、さゆはばあちゃんに違いない。

「それじゃ、おさゆさま。私がお鮎さんを送っていきますよ。本町なら途中だし。お鮎さん、かまいませんか」

伊織が気さくにいった。鮎は目をしばたたかせながら、うなずく。

「でも鮎、なにか私に話があったんじゃ？」

鮎は、ううんと首を横に振る。

「もういいの。今日はいろんなことがあったし」

「それでは、まいりますか」

鮎の歩みにあわせ、ふたりはゆっくり進んでいく。

伊織が何かおもしろいことをいって笑ったのか、次の辻のところで、鮎の肩が揺れた。

いつも柱の陰に隠れていたような娘も年頃なのだと、ふたりの後ろ姿が消えるまで、さゆは見つめていた。

翌日、さゆが小夏にこの顚末を話すと、小夏は頰杖をついた。

「どうなるかしらね。お久美さんって人も根性がありそうだし」

「でも子どもにしたら、おとっつぁんの約束を忘れられないわよ」

「我慢をおし、で、押し通すかも」

確かに、子どもに言われたからといって、久美が態度を変える保証はない。

「なんとか、うまくいくといいんだけど」

「おさゆちゃん、ずいぶん肩入れしているじゃない。お客の事情には立ち入らないってのが信条じゃなかったの？」

「五郎太ちゃんはお客じゃないもの」

「なるほど。まあ、おさゆちゃんも、おせっかいってことね」

さゆは、ぷんと顔を明後日に向けた。

「小夏ちゃんの意地悪」

小夏は声をあげて笑った。

日々は過ぎ、あと数日で五月となった。五月に入れば、端午の節句はすぐである。

五郎太はどうしただろうかと思わぬ日はなかった。

その日の午後遅く、五郎太を連れた久美が蒲公英に入ってきた。

「ばあちゃん！」

さゆに駆け寄ろうとした五郎太を久美が押しとどめ、頭を下げさせる。

「どうぞ、お座り下さい。五郎太ちゃん、また会えて嬉しいよ」

久美はゆるりと腰をおろした。

「ばあちゃん、見て。これ見て」

五郎太は風呂敷包みを腰掛の上におき、小さな手で丁寧に開いた。

青い羽織、縦縞の袴、錦織の袋に入った短剣が中から現われた。

「まあ、これ、おとっつぁんの？　五郎太ちゃんにあげるっていったもの？」

「そう。今、もらってきたんだよ」

五郎太の目が輝き、声が弾んでいる。

「立派だこと。よかったねぇ。五郎太ちゃんに似合いそう。おとっつぁんもきっと喜んでいるねぇ。五郎太ちゃんに着てもらいたかったんだから」

「丈も身幅もあつらえたみたいに、この子にぴったりで……」

久美が目頭を指でおさえた。

五つ紋の羽織の裏地には、鷹（たか）の見事な刺繍（ししゅう）が施されていた。

空高く飛ぶ翼、遠くまで見渡せる優れた目、獲物をつかまえて離さない鋭い爪を持つ鷹の柄には、先を見通し、幸運をつかみ、悠々と人生を歩んでほしいという思いがこめられている。それは、四郎右衛門のためにかつてこの晴れ着を用意したウメの気持ちでもあっただろう。

五郎太に根負けをした久美は、思い切って五郎太と共に清原屋を訪ね、羽織袴のことを打ち明けたという。

ウメは、五郎太を四郎右衛門の本当の息子と認めたわけではないとはねつけようとしたが、長女のマスは違った。

――おとっつぁんの書き付け、緋鯉の掛け軸……五郎太は私たちの弟に間違いありません。もしおとっつぁんがこの子に自分の羽織袴を着せたいと思っていたなら、そうしてやらなくては。それが残されたものの務めだと思います。

そういって、ウメを黙らせ、マスは羽織袴を譲ると約束したという。

そして先日、準備ができたので受け取りにきてほしいと連絡がきて、本日、清原屋にふたりでいってきたのだ。

マスは、今後、親戚づきあいをしたいといってもくれた。今、久美と五郎太が住んでいる家だけでなく、長屋をひとつ、五郎太の持ちものとしてくれたという。

「まだ十八なのに、さすが、あの人の娘だ。気っ風が違う。……でも何よりうれしかったのは、刀を入れた錦袋の中に、五郎太への書き付けがはいっていたことでした」

五郎太が錦袋から一枚の小さな紙をとりだして、「ほら」と、さゆに差し出す。

そこには『五郎太殿　まっすぐに育て。大きく羽ばたけ。父・四郎右衛門より』と書いてあった。

「あの人は五郎太のことをいとしく思っていてくれた。私はこれで十分です」

四郎右衛門が久美を家にいれないのには理由があったと続けた。

最初の女房も、二番目の女房も早くに亡くなった。ふたりとも短命になって験をかつぐわけではないが、自分と一緒になったから、しまったのではないかと、四郎右衛門は秘かに思っていたというのだ。

清原屋にはいったために、久美が早く死んだら困る。だから五郎太が大きくなるまでは、このままで耐え忍んでくれ、といっていたという。

「始めは、そんなことをいって、女の私をいいように扱ってとうらめしく思ったこともありましたが、あの人は本気だったんです。うるさいことを私がいわなかったのには、こちらにもそれなりのわけがあったからなんです。私は長唄の師匠をやめるつもりはありませんでしたから。商家のおかみさんが長唄三昧じゃ、奉公人にもお客様にもしめしがつきませんでしょう。そんなこんなで、あの人と私は別に暮らす形が、いちばん居心地がよかったんですよ。でも五郎太にしたら、いつもおとっつぁんにいてほしかっただろうに。あの人がこんなに早く死ぬなんて思ってもみなかったから。五郎太にはかわいそうなことをしちまいました」

久美はこれまでのことを悔いるように、静かにかぶりをふった。団子を食べていた五郎太が顔をあげ、久美をきっと見た。

「おいら、かわいそうなんかじゃないよ。この書き付けももらったし、姉さんもできた」

久美は苦笑する。

「情が強いところは、あの人そっくり」

さゆが身を乗り出し、五郎太の頭をなでた。

「偉かったよ。書き付けが五郎太ちゃんのところに届いたのも、おマスさんが認めてくれたのも、五郎太ちゃんががんばって、おとっつぁんの願いを叶えようとしたからだもの」

五郎太は顔を赤く染め、はにかむように笑った。

「お団子、もう一本食べる?」

すでに五郎太はみたらし団子を二本、たいらげている。

五郎太の目がきらっと光った。

「おいら、おにぎりが食べたい」

久美があわてて五郎太の袖をひいた。

「何をいっているの。ここはお団子屋さんよ」

「この間、うちにきたときに食べたのよね。いいわ、ちょうどお客さまが他にいないし……ちょっと待っててね」

さゆは勝手にまわると、花鰹を削り、たくあんを切り、梅干しをたたき、小さなおにぎりをつくり、網であぶった。皿に乗せたおにぎりを、五郎太は三個、立て続けに食べた。勧めると久美も口にして「まあ、おいしい」と喉をならした。

「あの」

「なあに、五郎太ちゃん」

「ばあちゃん、ううん、おさゆさま。ありがとう」

五郎太はささやくようにいって、さゆをみた。さゆの目が丸くなる。

「にいちゃんが、いってただろ。おさゆさまって。おいらもそう呼んでいい？」

照れ隠しなのか、指で鼻の頭をかいている。

さゆは五郎太の耳に口をよせた。

「いいわよ。でも、さまじゃなくて、おさゆさんでお願いできる？」

茶店の主が「さま」では、何様である。だが、五郎太は口元をひん曲げで首をふった。

「いやだ。にいちゃんはおさゆさまっていっていたじゃないか。にいちゃんがよくて、おいらがダメって、おかしいじゃないか」

いわれてみればそれもそうだ。

「おさゆさまじゃなきゃ、やっぱり、ばあちゃんだ。ばあちゃんで決まりだ」

「何を言ってるの、この子ったら。不調法で、恥ずかしい」

大声で騒ぎ始めた五郎太の頭を、久美が軽くはたいた。五郎太はきかんきな目で久美を見上げる。

「だって」

「だってじゃないよ。おばあさんが、おさゆさんがいいっていうんだから、そう呼べばいいじゃないか」

ことここまで至ると、もはや、ばあちゃんでも、おばあさんでも、おさゆさまでもおさゆさんでも、呼び名なんぞどうでもいいという心境になるというものだが、気持ちをなだめてさゆは五郎太の目をのぞきこんだ。

「伊織おにいちゃんにも、おさゆさまじゃなく、さん付けにしてって、いっておく。約束するわ」

さゆは小指を五郎太にさしだす。久美に促(うなが)され、五郎太はしぶしぶ小指をからめた。

お腹がいっぱいになった五郎太はやがてこっくりこっくり船をこぎ出し、しまいには腰掛に横になり寝てしまった。

五郎太を起こそうとした久美を、さゆはそっと制した。

「がんばったんですもの。ちょっとの間、寝かせてあげましょ」

口を半開きにして眠っている五郎太は、まだまだ幼く見える。

しばらくして五郎太が「……ぁん」とつぶやき、眠りながら口の両端をきゅっとあげて笑った。

父親の四郎右衛門の夢でも見ているのだろうかと、さゆの胸が詰まった。久美も同じ思いだったのか、目を潤ませ、五郎太の頭をそっとなでながら、つぶやく。

「この子が大人になるまで私、丈夫でいなくちゃねぇ。……もう少し、この子が聞き分けがいいと助かるんだけど」

「……甘えられる大人にしか、子どもは突っかかっていかないものらしいですよ」

余計な口ははさむまいと思っていたが、五郎太はさゆにとっても特別な子だ。五郎太をかばわずにはいられなかった。

「おさゆさん、お子さんは？」

自分は独り者で子どもはないとさゆがいうと、久美は「まあそうでしたか」と口をつぐんだ。悪いことをきいてしまったという表情だ。

「ごめんなさい。私、おさゆさんには何人も子や孫がいるんだとばかり思ってて。子どもの相手がお上手で優しいから。私なんて叱ってばかりだから、もう今から煙たがられていて」

さゆはくすっと笑った。

「自分の子どもだと、なかなか鷹揚(おうよう)にはなれませんよ。食べさせなくちゃならない、手習いも覚えさせなくちゃならない、行儀もしつけたい……心配ごとがいっぱいですもの。でも大丈夫ですよ、五郎太ちゃんは一生懸命、大人になろうとしているもの。母親思いのいい子に育ちますよ」

子を授かっていたら、自分はどうだったのだろうとさゆはふと思った。

病や怪我で小さな命が損なわれないようにと、親は気を配り、見守る。いずれ自分の足で歩いて行けるようにと、生きる知恵を根気よく教え続ける。

親になるのは、大人になるということかもしれない。

自分が親になれなかったことを寂しく思わないといえば、嘘になる。

だからといって、し損じたとまでは思わない。

自分の子どもでなくてもかわいいし、子どもが楽しそうに笑っていると、さゆも嬉しくなる。

子どもを持たなかったからなのか、自分の中に子どものような気持ちがまだ残っているような気もする。

自分は、大人になりそこねたばあさんなのだろうか。

でも、それならそれでいいではないか。この年になって、大人も子どももあるまい。

四半刻（三十分）ほどして、久美が五郎太をゆり起こした。

寝たりないらしく、五郎太は目をこすり、ぐずぐずしていたが、「おっかさんが困ってますよ」とさゆがいうと、口を一文字にひきしめ、無理矢理、目を見開いた。

「何かあったら、ううん、何もなくても、おっかさんと一緒にときどき遊びにきてね。お団子、作って待っていますから。おにぎりも作ってあげるから」

「……おさゆさん……またね」

五郎太は、おさゆさんと自ら、口にしたのが照れくさいのか、そういうなり、きびすを返し、走り出した。

「お待ち。五郎太、町中を走るんじゃないよ。……また寄らせていただきます。ほんとにあの子ったら。五郎太、待ちなさい！」

風呂敷包みを抱えた久美は五郎太を追いかけて、わたわたと出て行く。子どもを育てるのは楽しみも多いが、骨も折れるものだと思わずにはいられない。

やれやれと、残りのおにぎりを食べていると、小夏がやってきた。

「あら、おいしそう」

「どうぞ、おひとつ」

「お言葉に甘えて」

小夏はためらうことなく、ひとつほおばり、「ん」と横目でさゆを見た。

「いい鰹節をつかってる。極上ね」

食道楽の小夏の目がきらめいている。

そうなのだ。伊織の持ってきてくれた鰹節は、食べるたびに味わいの深さに嬉しくなってしまう。

ひとくちで味の違いをわかってくれる友がいることがありがたく、さゆはうふふと笑った。

「たくあんと梅干しは香り付けなのね」

「そう。塩辛くなっちゃうから、ほんのちょっとでいいのよ」

「これだけ微塵に切っていれば、たくあん好きの歯が弱っている年寄りにも喜ばれそう」

ちなみに、小夏は丈夫な歯が自慢である。歯抜けの友だちが来たときに、作ってやろうと思ったのかも知れない。

「食が進まないときにも、おすすめよ」

「そういうときがあればね」

常に食欲全開の小夏はさらりという。ふと思いついて、さゆは小夏にいった。

「子どもって、思い込んだら命がけみたいなところあるよね」

「藪から棒に何よ」

五郎太のことを話すと、小夏は微笑んだ。

「五歳の男の子は生意気盛りだから。でもおっかさんが、どんと構えているなら心配ないわ。子どもの頃、頑固なくらいが鷹揚な大人になるって話もあるし。……いずれにしても子育ては一筋縄ではいきゃしない。山あり谷あり、落とし穴あり。こういうときね。子育てが終わってよかったと心底思うのは。娘と息子が所帯をもったときは、これで私の手を離れると、ほっとしたもの」

さゆは首筋を手ぬぐいで押さえた。うっすらと汗ばんでいる。

「昨日ひと雨きたから、今日は少しは涼しいと思ったけど、かえって湿気がまして、蒸し暑いわねえ」

「ほんとね。肌がべたべたする」

「五月の節句に向かってますます暑くなるわよ。それが終わると長雨か。思っただけで憂鬱になるわ。ちょうどいいときは、あっというまねぇ」

晴れれば暑い、曇れば寒いと、小夏はいちいち文句をいわずにはおれない。さゆもまた、そうなりつつある。

これも年寄りの証ではあるまいかと、さゆは肩をすくめた。

第四話　ツツジの花が咲く前に

節句を機に、江戸は一足先に夏が来たような暑さになった。

その日、「蒲公英」に顔をだした小夏は上機嫌で、「丸中」の手代がやってきたと切り出した。丸中は、大伝馬町にある麻や木綿の太物を扱う店で、この時季、お得意先に、新しい反物を見せてまわる。

昨今、唐桟という織物が流行っていた。

唐桟は、紺地に浅葱や、赤、茶などの色合を縦縞に配したもので、南蛮貿易で渡来した布地のような味わいがある。異国風なところが新鮮で、粋人はこぞって飛びついている。唐桟の流行にひっぱられるように、縞地の着物全般に人気が集まっていた。

「おさゆちゃんは上背があるから、大きな柄でも太い縞でも重たくならないでしょ。濃い色だって、すっきり着こなせる。ところがちっちゃい私はそうはいかないのよ」

団子をほおばった小夏に、さゆは二煎目を出しながらいう。

「小夏ちゃん、何でもかっこよく着こなしているじゃない」

「似合うものを厳選してるの。背が低くて、ぽっちゃりした私がそれなりに見えるものをね」

小夏は縞なら細縞を着ていることが多かった。特に、柄が斜めに入っているものを好んで身につけている。だが、大きな柄やごちゃごちゃした柄を着た姿はみたことがない。なるほど、そういうわけだったのかと、さゆは納得した。

「で、夏までにいくつあつらえることにしたの？」

「……とりあえず二反（たん）だけど」

「これから何反増えるか、見物だわ。大店（おおだな）の家付き娘は遠慮がないから」

さゆがちくりというと、小夏は澄（す）ました顔でちょっとあごをあげた。

「でもさ、おしゃれをしたいといううちは、まだ女だと思わない？」

「確かに」

ふたりの笑い声は、「こんにちは」という声で遮（さえぎ）られた。

「あら、お鮎（あゆ）ちゃん。お稽古の帰り？」

鮎と女中のスミが入ってきた。五郎太（ごろうた）を見つけた日以来、ときおり、鮎は蒲公英に顔を見せるようになった。

「はい、お針の」

「どうぞお座りなさいな」

さゆは鮎に声をかけた。

隣に座った鮎と、その向こうで嬉しそうにしているスミに、小夏は親しげに微笑（ほほえ）みかけた。

スミは鮎よりひとつ上の十七歳で、団子を食べられるため蒲公英にくるのを楽しみにしている。

「今、何を縫ってるの？」

「単衣の小袖を仕上げています」

袷が表地と裏地があわさった二枚仕立てであるのに対し、単衣は表の生地だけで仕立てる着物だ。袷は十月から五月まで、単衣は暑すぎず寒すぎない六月と九月、真夏に着るのは浴衣だった。

浴衣の衿が既に折った状態で縫い付けられているのに対し、単衣の衿は広幅で、着るときに好みの幅に折ることができる。単衣には長襦袢がつきもので、浴衣には肌襦袢という違いもあった。

「お針のお稽古、懐かしいなぁ。お鮎ちゃんが縫ってる小袖、見せてよ」

「まだ途中で……お見せするようなものではないんです」

「私とおさゆちゃん、お針と書の稽古が一緒だったのよ」

「そうなんですか」

さゆがうなずく。

「そ。小夏ちゃんとは、うんと長いつきあいなの。鮎、いやじゃなかったら小夏おばさんに見せてあげて」

鮎は風呂敷を開くと、中から縫いかけのものを取り出した。

水色の地に、白のよろけ縞の文様がついている。さらさらと流れる清涼な川を思わせる涼やかな柄だ。

小夏は目を細め、感心したようにつぶやく。

「縫い目がきれいだこと。あのころの私やおさゆちゃんよりもはるかに上手だわ」

小夏はさゆをいたずらそうな目で見る。

さゆの脳裏に遠い日のことが浮かんだ。

小夏の手は早かった。誰よりも早く縫い終える。けれど、縫い目が揃っていないとよくお師匠さんに叱られていた。

さゆの手は早くもなく遅くもなく、うまくもなければ下手でもない。

お師匠さんに叱られたこともないが、ほめられた記憶もない。まあ、いいでしょう、といわれ続けた。

「……でも私、手が遅くて」

「早くても雑だと台無しなのよ。って、あのころからそれがわかっていりゃぁね」

小夏は苦笑した。さゆも笑うしかない。

「いい柄ねえ。これなら、若い今も、年を重ねてからも長く着られる。よくこんな洒落た反物、見つけたこと。おきえさんのお見立て？」

おずおずといった鮎を、驚いたように小夏が見つめる。

「へぇ～、若いのに、いい目をお持ちですこと。……その着物も小物も、垢(あか)抜けているわ」

薄桃色の濃淡の市松を配した地色のところどころに、花丸紋が描かれている。柔らかで軽やかな風合いの着物が、鮎の肌の白さを際立たせていた。

灰味を帯びた白地に臙脂(えんじ)や若草色の鶴文(つるもん)を織り込んだ帯は、若々しく格調も感じさせる。乳白色、葡萄(えび)色、桜色の三色を組み合わせた帯締めと、藤色の帯揚げの組み合わせも、心憎い。

「それもお鮎ちゃんが選んだの」

「はい」

鮎は恥ずかしそうにうつむいた。頰(ほお)がほんのり赤くなっている。

小夏は背筋を伸ばすと、ひざを進めた。

「縁談のお話とかあるのかしら」

「縁談？」

鮎はきょとんと目を丸くしている。

「お年頃でしょ」

「……いえ、私が」

鮎はあわてて手を横に振る。

「まだ十六ですし。兄の嫁取りが先ですから」

「いいお話があるの。しっかりした娘さんで、着物を見立てる目があれば、なおありがたいっていわれていて。お相手は江戸の人なら誰もが知っている呉服問屋さんの跡継ぎでね。どうかしら、『いわし屋』さんの娘さんなら申し分ないんだけど」

「私はまだ……あの、また参ります」

鮎はあわてて立ち上がり、スミをうながして、そそくさと帰って行った。

「悪かったかしら。嫁入りの話をしたから帰っちゃったんでしょ」

小夏は首をすくめた。

「気恥ずかしかったんじゃない？」

「嫌われちゃったかしら」

「大丈夫よ。そういう年になったんですもの。ところで小夏ちゃんはいくつで婿取りしたんだっけ」

「十七。そりゃあきれいだったのよ」

「そうだったでしょうねぇ」

「こんなかわいらしい花嫁は見たことないって評判になってね。おさゆちゃんに見せたかったわ」

ばあさんふたりの、人には聞かせられない話だ。

「まあ、いわし屋さんならお話がふるように舞い込むでしょうけど」

ひと息入れて、小夏がまた話し出した。

「ね、なんでおさゆちゃん、嫁入りしなかったの？　気がついたらそうなってたとかいってるけど、ほんとのところ、白状しなさいよ」

「残念なことに白状することがないのよ。とにかくそうなっちゃったの」

「……好きな人、いたんじゃない？」

「小夏ちゃんこそ」

こういうときは小夏に話をふるに限る。案の定、小夏は食いついた。

「いたわ、あれを恋と呼ぶならね」

「誰？」

「たとえば豊山……かっこよかったなぁ」

初耳である。ではあるが、たとえばとは、なんていいぐさだ。いくつもあるのかと、さゆは眉をひそめた。

「……相撲取り？」

「そう。知ってる？」

「全然」

だいいち、相撲を見ることができるのは男だけで、女は観覧席に座ることもできない。さゆは小夏に顔を近づけた。

「まさか、つきあってたの？　相撲取りと？」

「あれは十五のときだったわ。……うなぎ屋で会ったの。羽二重餅のように肌のきめがこまかくて、金太郎みたいなきれいな顔立ちで。鴨居に頭をぶつけそうなほど背が高くて、通りすがりに、ぷんと鬢付け油のいい匂いがして、思わずくらくらっとなったのよ」

以来、小夏は番付表を集めたり、相撲絵を買ったりして、ひそかに胸を焦がしていたが、豊山は幕内から落ち、いつしか番付表からも名前がなくなったという。

「今頃、どうしているのかしら、五つ六つ上だったから、六十がらみか。元気で生きていてほしいなぁ」

小夏の声に、ぱらぱらと雨が屋根を叩く音が重なった。

「降ってきちゃったね、さっきまで青空が見えてたのに」

「通り雨ならいいんだけど」

だが次第に雨脚は激しさをまし、本降りとなった。暗くなった店内の行灯にさゆが火を入れ終えたとき、職人たちがばたばたと入ってきた。

「いいかい？　急に雨脚が強くなっちまって」

「これじゃ仕事にならねえや」

続いて、買い物にこの町にきたとおぼしき母娘（おやこ）が駆け込んでくる。

「団子を二本とお茶をお願いします」

「しばらく休ませてもらいましょ。着物が濡れちゃった」

雨宿り代わりにと、客が次々に店に入ってくる。さゆはこんなときのために用意していた手ぬぐいを客たちに渡して歩いた。

「お、気がきいてんね」

「まあ、助かります」

突然の雨は蒲公英にとって、新たな客を開拓する恵みの雨でもある。

「お邪魔さま。おさゆちゃん、傘、貸してくれる。すぐに返すから」

「どうぞ。いつでもいいわよ」

さゆは番傘を小夏に手渡した。

夕方になって雨もあがり、客でごった返していた店内から人影も消え、さゆがひと息ついていると、伊織（いおり）が訪ねてきた。

急いでいるので、お茶は結構だと断り、伊織は用件を切り出した。

「こんど、殿様の大事なお客様を家でもてなすことになり、つきましてはおさゆさまのお力を貸していただきたいと、奥様からのお願いでございます」

さゆの眉があがった。必要なことはすべて、今の女中頭の春に伝えたはずだ。春は、段取りもよく、手際も優れ、女中たちにも人望がある。春がいれば、さゆに頼むことなどないはずだった。

「春に何かありましたか」

「実はひと月ほど前にお春さん、転んで腕の骨をおられまして……宿下がりしておられます」

胸がきゅっと縮んだ。

「春は、春は無事なんですか」

折ったところが悪かったり、骨接ぎがへぼだと、腕が曲がってしまったり、そこから熱が全身に広がって、命を落とすこともある。

春は、さゆが三十のときに、十五で池田家に来た娘だった。それから二十五年、寝食を共にし、料理や掃除を仕込んだ。

漬け物、煮物、焼き物、普段のお菜からもてなし料理、郷土料理、器と料理の相性や決まりから、花の生け方、茶事まで教えた。

ほとんどの女中は二十歳手前に嫁入りするのに、春は残り、さゆの支えとなってくれた。

決して器用なほうではなかったが、春は何事もきちんとできるようになるまで飽かずに取り組む娘だった。その中で自分なりの工夫もし、一度身につければコツを忘れない。どんな仕事も丁寧だった。

ただ、やせているのに大食らいで、丼飯を毎度おかわりするのには驚かされた。

「骨接ぎはうまくいったそうです。幸い、傷めたのは利き腕ではなく左腕で。養生したら戻ってくるといっていますが、それを待つこともできませんので」

その客は長崎奉行として赴任する挨拶にくるのだという。

「親しくおつきあいをなさっているので、料理屋ではなく家でもてなしたいと殿様がおっしゃっていて。おさゆさま、ぜひよろしくお願いいたします」

正直、さゆは困惑していた。

いくら食べることが好きで、美味しいものを作る手間暇は惜しまないといっても、ひとり暮らしでは毎回、ごちそうを作るわけはない。ちゃちゃっと作って、ちゃちゃっと食べることも多い。

料理は毎日作ることが肝心なのだ。大勢の料理を同時に何品も用意する勘は、確実に鈍っている。

そのうえ、店を空けるわけにもいかない。

「私のことを思い出してくださって、お声がけいただいたのは本当にありがたいことで、ぜひにもお引き受けしたいのですけれど、今は団子を作るだけですもの。晴れの席の料理など、とてもとても。お春がいなくても、おまさがいるじゃありませんか。おまさも私が腕によりをかけて仕込んだ女中です。おまさがいれば、どんなものもお出しできるはずですよ」

まさは素直でおとなしい女だ。春より五つほど年下だから今年、三十五歳になったはずだ。万事に控（ひか）えめで、春の右腕に徹している。

「そのおまささんが、おさゆさまでなければ、この役目は務まらないと強くおっしゃってるんですよ」

「おまさが？」

「自分は上に立つ器ではない、そんな大切な役目をひきうけられないの一点張りなんですよ。まいりました」

まさはなんでもちゃんとこなすのに、まわりに気を使いすぎるところがあった。昔から、人を使うのが苦手で、大きな役目をふられることをひたすら拒む。

自信がつけば、下の者を指揮することもできるようになると思っていたが、持って生まれた性分は変わらないのかもしれない。

とはいっても、とっくに宿下がりをした年寄りの自分を頼りにされても困る。困るけれど、奥様や殿様への御恩を考えると、きっぱり断ることもできない。

「おさゆさま……伏してお願い奉ります」

「頭を上げて下さいませ、伊織さま」

「うんというまで、頭をあげるわけにはまいりませぬ」

結局、伊織にいいくるめられて、さゆは翌朝、池田家に赴くことになった。

そのかわりというわけではないが、伊織には、以後、おさゆさまではなく、おさゆさんと呼ぶように頼んだ。五郎太との約束である。


翌朝、さゆは藍の地色の結城紬を取り出した。

細かな亀甲模様が並ぶお気に入りの着物である。

ふんわりと空気を含んだ厚み、底から輝くような控えめな艶は、結城ならではだ。

帯は白地に水色の縞の綴れにした。錆浅葱の帯揚げと高麗納戸の帯締めを組み合わせ、顔には白粉を軽くはたいた。

池田家にいくのは久しぶりだ。殿様たちに「おさゆも老けた」といわれたくない。

外に出ると、隣の木戸番の女房・民が掃除をしていた。

「あら、おでかけ？」

「よんどころない用事がありまして」

「お店は？」

「昼には戻ってきますので」

「だったら、客にはそういっておくわ。昼過ぎには開くよって。まかしといて」

民は胸をとんと叩き、「ありがとうございます」と腰を折ったさゆをまじまじと見た。

「見違えたわ。馬子にも衣装というけれど、別人だもの。まるで大店のご隠居みたい」

ほめられているのか、けなされているのかわからないが、ほめられていることにして、さゆは本小田原町をあとにした。

北町奉行所は呉服橋御門内にある。日本橋を渡り、お城に向かって歩き、呉服橋を渡ればすぐだった。

奉行所は約二四〇〇坪もあり、ここに江戸市中の武家地と寺社地を除いた町地を司る機能がおさめられていた。

東側の役向きの表門を入って左側には、白洲内詮議所、詮議所、例繰方などの詰所、公事人溜りや牢屋同心の詰所や仮牢など、公事吟味に関する機能が集中している。

向かいの右側には与力番所、同心番所、年番部屋、若同心の詰所などが並んでいる。

中央の玄関の奥には、執務を行う用部屋や奉行の表居間、内寄合座敷、内座之間などがあり、奉行の役宅はその後ろに位置していた。

さゆは南側に設けられた裏門をくぐり、奉行の奉公人が住む長屋、用人長屋、中間部屋の間を通り抜け、奥玄関に向かった。

玄関の右手に、奉行の家族のための広い役宅が、左手には台所、女中の部屋、勝手用人部屋が広がっている。

「おさゆさま、お久しぶりでございます。よくいらっしゃいました」

玄関に迎えに出たまさは、下ぶくれの顔をほころばせた。

「このたびは私が至りませんで……助かりました」

「お役に立つかどうか……」

さゆは微笑みながら奥に向かった。

役宅はまるで迷路だ。曲がりくねった廊下の脇にはいくつもの部屋が並び、坪庭がいたるところに設けてある。

「奥様は座敷でお待ちでございます」

さゆは迷うことなく、磨(みが)き抜かれた廊下を進んだ。四十年働き、暮らした場所だ。どこを見ても懐かしかった。

峯暉の奥様の久江は部屋の前でさゆが名乗ると、中から駆け寄ってきた。九歳の峯直をはじめ、五歳の華、三歳の峯安も次々に顔をだし、さゆをとりまく。

「まあ、みなさま大きくなられて」

一年もたっていないが、どの子もしっかりしたように見える。

さゆと並んで、まさも、久江の話に耳を傾けた。

料理を供するのは五月二十日の昼。

主客は長崎奉行として赴任する人物とその父親、それに旗本ふたりの四名だという。

「では殿様を加え、五人分の料理を整えればよろしいんですね。本膳料理でございましょうか」

「それがね、本膳料理だと堅苦しいので、旦那さまは会席料理がいいとおっしゃるの」

さゆの頰がほっとゆるんだ。

本膳料理は、足つきの本膳、二の膳、三の膳、与の膳、五の膳と五つの膳を並べ、汁が三つ、さらになます、煮物二種、和え物か酢の物、刺身、椀もりの煮物、焼き物で七菜、合わせて三汁七菜、そのほかにお土産の折り詰めを用意しなくてはならない。

一方、会席料理は句会などの後の食事会としてはじまった、食事と酒を楽しむためのもので、お菜各種を先に出し、ご飯と汁物は最後という決まりがあるだけだ。本膳料理よりぐっと敷居が低い。

「おめでたいことだから、やっぱり鯛かしらね」

久江は大旗本の娘で、嫁いだ後もおっとりのんびりしていて、何事も姑の美恵に頼りっきりだった。美恵が亡くなってからは、さゆにおまかせのことも多かった。

その久江の口から「鯛」と出たのが、さゆは嬉しかった。鯛はもてなし料理の基本中の基本とはいえ、さゆが去り、春も不在で、ようやく久江は自分がしっかりしなくてはと思ってくれたのかも知れない。

「おっしゃる通り、鯛がよろしいのではないでしょうか」

まさとも話し、鯛は、酒蒸し鯛素麺の「吸い物」、鯛の昆布締めの「刺身」、黒胡麻を練ったもので和えた鯛の利休「和え」、鯛の煮こごりの「口取り」の四品を作ることにした。

それから、あさりが旬なので、あさりの酒蒸しの「うまに」、絹豆腐と空豆を使ったなめらかな味わいの空豆豆腐の「先付け」。

さらにお祝いとして、こんにゃくに赤味噌の田楽と、豆腐に白味噌を塗った田楽で、紅白に仕上げた「焼き物」。止め椀にはぜんまいの味噌汁。大根葉をつかった菜めしに香の物で、一汁七菜と決めた。

さゆは鯛料理と田楽の焼き物を担当することとし、器もそれぞれ選んで、帰宅した。

午後には店を開いたが、耳の痛いことをいう客は、ひとりふたりではなかった。

「朝は暖簾が出てなくて。せっかくきたのに引き返したんだよ。それならそうと前もっていってくれなきゃ」

「おいらも無駄足踏んじまった」

「自分の都合で店を休むなんてなぁ、いただけねえ」

「商いは続けてなんぼ。だから飽きないっていうの、ばあさん。わかったかい？」

おっしゃる通りで反論の余地もなかった。

そうこうしているうちに、宴会の日がやってきた。数日前から「所用があり、二十日はお休みいたします。申し訳ありません。店主」という張り紙を店の中に張っていたのは、前回の反省からである。

さゆは朝早く家を出た。夜明けの空がしらじらとあけていく。武者震いがする思いがした。

まさはすでに、女中を指揮して、拭き掃除に励んでいた。きっちり絞った雑巾で、きゅっきゅっと音をたてて床板を拭く音が聞こえる。

玄関の式台には、アセビの青葉、ヒメユリがきりっと生けられている。

さゆは台所に向かうと、洗い立ての藍の前掛けをしめ、白の襷をかけ、手ぬぐいを姉さんかぶりにした。まもなくして魚屋から立派な鯛が届けられた。

まずは流しで鱗落としにとりかかった。

鯛の鱗は硬く大きい。うっかりすると辺り一面に跳ね飛んでしまう。身を傷つけないように気をつけながら鱗落としを動かし、さゆは作業を進めた。細かな鱗が残ってしまうヒレの脇などは、包丁に持ち替えて切っ先でこそげ落とした。

鱗を洗い流したら、まな板にとり、胸ビレと腹ビレに沿って頭を切り落とす。腹に切れ目をいれ、臓物や血ワタを残らずとりのぞいた。

次に背ビレに沿って切れ込みを入れ、続いて腹身のほうも尻ビレに沿って切れ込みを入れて三枚におろす。背身と腹身に切り分けてから、半身分は尾の付け根を押さえ、皮を引きむいて刺身用のサクとした。

かぶとも左右に切り分け、えらや血ワタをとりのぞき、きれいに洗った。

それから各料理の下準備にとりかかる。煮こごり用のかぶとと背骨などのあらにまんべんなく塩を振った。

刺身用に切った鯛は、酒でふいた昆布の上に一切れずつ並べ、もう一枚の昆布ではさみ、固く絞った布巾で全体を包み、軽く重石をあてる。これで昆布締めの準備は完了だ。

ここで再び煮こごり作りに戻る。塩をふっていたかぶと背骨のあらを洗い、さっとお湯にくぐらせ、水をかえながら、取り残した鱗や血ワタなどの汚れを丁寧におとす。すっかりきれいになったら、水と酒とともに鍋に入れ、あくをとりながら煮込んでいく。あくがでなくなったら、落としぶたをして四半刻弱、さらに煮込む。

この間に、さゆは酒蒸し鯛素麺用の皮付きの鯛の身を五つにきりわけ、塩をふり、きちっと絞った布巾でくるんでなじませた。

ひとつの行程が終わるごとに、さゆは手をきれいに洗った。魚の臭みを料理に移したくないからである。

「おさゆさま、たれはこれでよろしいですか」

利休和えのたれ作りを命じていた新入りの女中がすり鉢を持ってきた。利休は胡麻好きだったのだろうか。胡麻を使った料理に利休という名がついていることが多かった。

黒胡麻をすり鉢でなめらかになるまであたり、砂糖、醤油などを加えたたれを、豆皿にとり、味見をした。

「結構なお味。上等よ」

若い女中は嬉しそうに顔をほころばせた。

煮込み終えたかぶとあらはそのまましばらく冷まし、味醂と醤油と生姜の搾り汁で調味し、落としぶたをしてまた四半刻弱、再び火にかける。それから、別鍋の上に細かい目のザルをかけ、鍋の中身を漉した。

「おさゆさま、お手伝いいたします」

まさが駆け寄ってきた。

「ザルの中のかぶとあらの身を、骨が残らないようにほぐしてもらえる？　血合いもはぶいてね」

「はい」

まさが菜箸を器用に操り、骨から身をはがしはじめた。煮こごりは舌触りも大事なので、小さな骨一片紛れ込ませるわけにはいかない。仕事が丁寧なまさなら、安心してまかせられた。

まさがはずした身を確かめ、さゆは流し缶に移し、漉した汁を流し入れた。

こんにゃくと豆腐も、すでに下処理がすんでいた。こんにゃくは茹でてあくをぬいてある。重石を乗せた豆腐からは余分な水分が抜けていた。

赤味噌に砂糖と味醂と酒を、白味噌にも同じものを加え、それぞれ火を入れてよく練りあげる。あとは供する寸前に、こんにゃくを温めなおし、豆腐を油で焼き、こんにゃくには赤味噌を、豆腐には白味噌を乗せて木の芽を飾ればいい。

「おさゆさま、空豆豆腐の味をみていただけますか」

淡い緑色のとろりとしたものを、まさがさしだした。匙ですくい口にいれると、優しい味わいがいっぱいに広がった。豆特有の甘さと、空豆ならではの爽やかさが感じられる。

「ん～、なめらかでおいしい」

「では葛をまぜ、火にかけますね」

「おまかせします」

まさがさゆに微笑んだ。

空豆豆腐は、茹でて薄皮をむいた空豆と絹豆腐を細かな網で裏ごしして、練り胡麻と出汁、さらに葛をまぜ、透明感と粘りが出るまで火にかけ、火が通れば、器に入れてさまし、固める。供する前にまわしかける風味豊かな出汁もまさは用意していた。

これほど料理の腕があり、性格もいいのに、誰かの下でないと力を発揮できないというまさが、さゆは歯がゆかった。

そのとき、久江が顔を出した。華やかな訪問着が似合っている。

「間もなくお客様がいらっしゃいます。準備はよろしいですか」

「はい。滞りなく進めております」

それからすぐに、玄関にお客が到着した気配がした。

挨拶がすんだころを見計らい、座敷に皿や小鉢をのせたお膳が運ばれていく。

切り分けた煮こごりを並べた小皿。

キュウリの塩もみを添え、大葉の上に乗せた昆布締め。

出汁をたっぷりかけた空豆豆腐。

ぱかっと口をあけたあさりには、身がいっぱいに詰まっている。

利休だれで和えた細切りの鯛には、小口切りにした青ネギを散らした。

湯気をあげるこんにゃくと豆腐の紅白田楽。

素麺に鯛の酒蒸しを乗せた酒蒸し鯛素麺。

やがて菜めしと味噌汁を女中たちが運んでいくと、さゆは襷をはずした。

しばらくして、久江が上機嫌でやってきた。

「みなさま、お料理を喜んで下さいまして、ぜひ、料理人に礼を言いたいとおっしゃっておりますの。おさゆとおまさ、ちょっと顔をだしてちょうだい」

さゆとまさは顔を見合わせた。

「おまさだけ、どうぞお連れ下さい。私は手伝いですので」

「いえ、おさゆさまを。おさゆさまがいなければ半分の料理も仕上がりませんでした」

まさは、さゆがいかなければ自分も顔をだすわけにはいかないといいはる。

「お客様をお待たせするわけにはいかないわ。言い分はひっこめて、ふたりとも私と一緒に来てちょうだい」

最後は久江のひとことで、まさとさゆは座敷の前の廊下で平伏した。

「料理屋でもお目にかかれないような、馳走でござった」

「池田さまはかような料理人を抱えて、果報者でござる」

褒め言葉が次々に降ってくるのを、さゆは面はゆい気持ちで聞いていた。

「こちらのお宅は、先代の峯高さまの時から何をいただいても美味しく、仕事で伺うのも楽しみでござった」

さゆの肩がぴくりと揺れた。

少ししゃがれているようにも思えるが、どこかで聞いたことがある声だ。

「どうぞ顔をあげてくだされ」

またその声がした。峯暉が続ける。

「苦しゅうない。顔をあげなさい」

ゆっくり顔を持ちあげると、半白髪の男がさゆをまっすぐに見つめていた。

さゆの胸がちりりと鳴った。

「もしや、おさゆさんでござるか」

男は目を見張った。さゆはあわてて目をふせた。

「渡辺(わたなべ)さま、おさゆをご存じでしたか？」

峯暉の声がした。さゆの胸がばたつき、心の臓が口から出てきそうだ。

先代・峯高の部下だった渡辺俊一郎(しゅんいちろう)だった。

初めて出会ったのは、さゆがまだ十代だったころ。

峯高は人にごちそうするのが好きで、気に入りの部下をよく家に招いていた。

俊一郎はすらっと背が高く、涼しげな目をした青年だった。

誰よりもいい食べっぷりで、うまいうまいとおかわりをし、給仕をしていたさゆはそのたびに飯をよそったり、おかわりの味噌汁を差し出した。

「いや、懐かしい。鯛の胡麻和えを食べたとき、もしやと思ったのでござる。そして田楽を味わい、煮こごりを食べ、確信いたした。これはおさゆさんの手によるものにちがいないと。またおさゆさんの料理を食べられるとは」

「父上、それはいつごろの話です？」

「峯高殿がお徒頭を務められていた頃じゃ。のう、おさゆさん」

お徒頭は江戸城の玄関や中之口に詰め、将軍の出行に供奉する役目だった。俊一郎はその下役で、峯高にかわいがられていた。ひと月に二、三度、役宅にも顔をだし、遅くまで峯高と話し込むこともあった。

いつしか俊一郎はさゆを見ると、口元をほころばせるようになり、さゆも笑みを返すようになった。高家神社の料理上達御守をさゆに買ってきてくれたのは、この俊一郎だった。

峯高はその後、お徒頭から目付、勘定吟味役、佐渡奉行、長崎奉行、下田奉行と出世の階段を駆け上がった。俊一郎が峯高に仕えたのは、峯高がお徒頭だった数年に過ぎない。

遠い昔のこと。

なのに、胸のざわめきが止まらない。

今さゆの前にいる俊一郎は、今度、長崎奉行に赴任する渡辺徳太郎の父だという。

さゆは気持ちを励まし、頭を下げたまま、口を開いた。

「お褒めの言葉を賜りまして、恐縮でございます。渡辺さまもご健在でございましたこと、何よりでございます。また、このたびは、ご嫡男の徳太郎さまの長崎奉行御就任、おめでとうございます」

なんとか言い終えたことに、さゆはほっとする思いだった。

「おさゆさんもお元気そうで何よりでござる」

「俊一郎殿がおさゆを覚えていてくださったとは。ありがたきことでございます」

峯暉が俊一郎にいった。

俊一郎は佐渡奉行を務めあげ、今は悠々自適な暮らしだという。

嫁をめとり、息子を育て、お務めをしっかり果たし、隠居し、息子の出世を見守る……俊一郎の人生はまことにめでたいものではないか。

「どうぞ、顔をあげてくだされ」

「そうなさいませ。おさゆ」

俊一郎と久江に促(うなが)され、さゆは再び、頭をあげた。

俊一郎はさゆにほほえみかけていた。

髷(まげ)はずいぶん細くなっていた。目元にも頰にも口元にもシワが刻まれている。

老けた。

人のことはいえないが、やはり年月はたったのだと思い知らされる。

けれど、その笑みの中に若き日の俊一郎の面影が残っている。

「今もおさゆさんは、こちらにご奉公を続けられておるのですか」

久江がさゆにかわり、今回、特別に手伝いに来てもらったのだと俊一郎に答える。

「ご実家は確か日本橋のいわし屋さんでござったな」

「よくご存じで。父上ときたら美味しい料理を作る人のことは忘れぬのでござるよ」

　峯暉が俊一郎にいう。

「おさゆは今、実家を出て、茶屋をやっておりましてな」

「お茶を売っているのでござるか？　いわし屋は薬種問屋であろうが、なにゆえに」

　俊一郎がいぶかしげにいう。

「そっちではなく、茶を飲ませ、団子を食わせる茶店でござるとか。なかなか繁盛（はんじょう）しているそうで。場所は本小田原町だったか。なあ、おさゆ」

　峯暉が微笑んだ。答える代わりに、さゆは深くお辞儀をする。

「おさゆさんの団子も美味でござった」

「父上、団子の味も覚えているのでござるか」

「覚えているとも。みたらし団子が絶品でござった。あんこ、胡麻もござった。いや、懐かしい」

逃げるようにさゆは下がった。体の力がすっかり抜け、ひざががくがくいってい
た。

後片付けは他の女中にまかせ、おなかがすいたとやってきた峯直をはじめ三人の子どもたちには残りの煮こごりと田楽をお菜にご飯を食べさせ、久江のためにもひとくちで食べられるおにぎりやらお菜やらを作った。

それから、まさとしばらくの間、話し込んだ。

客の談笑はまだ続いている。

久江に断りをいれ、さゆは先に池田家を後にした。

思わぬ再会や、気をはっていたせいもあり、池田家をでると、疲れがどっとこみあげてきた。

なんとか帰宅して、着替えを済ませ、茶の間に座った途端、立ち上がるのも億劫になった。まさが帰りにもたせてくれたおにぎりを食べ、さゆはごそごそと布団にもぐりこむ。

やっと休めると、さゆは目を閉じた。

俊一郎と再び会うなんて、思ってもみなかった。

俊一郎の笑顔に一瞬、胸がときめき、そんな自分にも驚いた。

さゆが作った料理の数々を、俊一郎が覚えていてくれたことが、心底、嬉しかっ

た。

もうおぼろになりかけていたのに、自分にも若かりし日々が確かにあったのだと思った。

俊一郎がいい跡継ぎに恵まれ、幸せに生きてきたのだと知れて、よかったとも思えた。

一方、心の動揺を顔にださずに済んだとほっとしていた。

生きていれば思わぬことも起きるものだ。

さゆは目を閉じ、引き込まれるように眠りに落ちていった。

翌朝、伊兵衛(いへえ)とふくはそうそうにやってきて、昨日、さゆが店を休んだ理由を詮索しはじめた。

「所用ってなんだったんですの？」

「ちょっと」

さゆが口を濁(にご)すと、ふたりはかえって前のめりになった。

「法事かい？」

「実家？　親戚？　ところでおさゆさんの実家はどこなの？　近く？　遠いの？　一日で行って帰ってこられるなら、江戸内よね」

ええとかまあとか、あいまいな返事を続けるさゆに、ふくがいう。

「誰か雇えばいいのに」

「給金をろくに払えませんもの。誰も来てくれませんよ」

「ひとりで店をやっているのは骨だよ。給金は安くてもいいって人もいるんじゃないかね。誰か店番を探しなよ。こういう店は、休めばとたんに客は離れちまうんだから」

隠居とはいえ、商売人として生きてきたふたりの言葉は身にしみた。

先日の午前中と昨日休んだだけなのに、この朝、客の入りはいつもの半分に満たなかった。

午後になって、鮎とスミが顔をだした。

鮎は店の奥の茶の間で、お針の稽古をしたいという。

「何もこんなざわざわしたところでやらなくても……家には広くて静かな部屋がいくらでもあるんだから」

そういって怪訝（けげん）な顔をしたさゆに、鮎はおずおずといった。

「ぽつんと座ってやっているより、人の気配がするほうが落ち着く気がして。お邪魔にならないように気をつけます」

「お邪魔なんかじゃないけど」

手まわしのいいことに、両親の承諾も得たという。

「それなら、大歓迎よ。さ、どうぞ」

鮎は顔を輝かせてうなずく。夕方に迎えに来るようにといってスミを帰すと、失礼致しますと鮎は茶の間に入っていった。

鮎は家と稽古事の往復ばかりで、世間の風にさらされる機会が少ない。

ここで針稽古をするというのも、鮎なりに、見聞を広めたいと思っているからかもしれなかった。小さな茶店では見聞といってもたかが知れているが、鮎の気の済むようにしたらいい。

一晩眠ったものの、昨日、全精力を傾けて料理した疲れは消えていない。腰もみしみしいっていた。

「くたびれた顔しちゃって。今日も休めばよかったのに」

しばらくしてやってきた小夏がいった。いつものように団子一本とお茶を注文する。

「そうはいかないわよ。商いは継続が肝心ですから。昨日も今日も休みじゃ、いい加減な店だって思われちゃうもの」

小夏は、じっとさゆの顔を見た。

「なんか、あった？」

「ん?」

「目の下のクマとシワは濃くなってるけど、おさゆちゃんの目、なんかいきいきしてる」

「あら、そう? ……まあ、懐かしい顔にいっぱいあったせいかしら」

峯暉、久江、峯直、華、峯安、まさ……そして俊一郎。

ふっとさゆは微笑んだ。

「ほら、その表情。なんかあったな」

これだから小夏は油断がならない。

「何もないわよ。ただ料理しただけで」

「いいお話とかなかったの?」

「あるわけないでしょ。後輩とはちょっと話をしたけどね」

帰り際、さゆはまさに呼び止められ、しばらくの間、話し込んだ。

まさに紅(べに)問屋の後妻にどうかという縁談があるという。

相手はまさの三つ上の三十八歳。十八歳、十六歳、十四歳と男ばかり三人の子持ちで、前妻は三年前に病没している。

――でもお春さんが休まれているときに、私が辞めるわけにもいきませんし。

その口調から、まさが嫁入りに乗り気になっていることがわかった。

――もし、お春さんが戻ってきたら、おまささん、そちらに嫁いでもいいと思っているのね。

――知らない人じゃないんです。子どもの頃、手習い所が一緒で……向こうさまも私のことを覚えていらっしゃるそうで。それで話がもちこまれたようなんです。

――まあ、ご縁があるなんて、何よりじゃない。おまさもその人のこと、覚えているの？

――ええ。下の子の面倒をよく見る優しい兄さんのような人でした。今もそうかはわかりませんけど。……でもお春さんは戻ってこられるんでしょうか。そうでなくては、私がここを離れることはとても……。

――様子を見に行ってきましょうか。

――よろしいんですか。そうしていただけたら。……お願いします。

まさはさゆに深々と頭をさげたのだ。

春の実家は巣鴨（すがも）村の植木屋「霧島（きりしま）屋」だ。

神田川（かんだがわ）を舟で上り、江戸川橋（えどがわばし）まで行き、あとは駕籠（かご）を頼めばいいと算段はしているが、また店を休むと思うと気が重かった。

夕方、客が途切れたのを狙ったように、伊織がやってきた。

「昨日はおかげさまで、いい会になったと殿様も奥様もお喜びでございました。ご活躍いただき、ありがとう存じました。これは殿様からのお礼で……どうぞお納め下さい」

のし袋を差し出した。不要だといっても、伊織はきかず、さゆはありがたくのし袋をおしいただいた。

カラリと音がして、店と奥を隔てる障子が開き、鮎が顔をだしたのはそのときだ。

「お鮎さん、いらしていたんですか」

「このごろ、ここでお針の稽古をしてるの。少しは、はかどった？」

鮎はさゆにうなずき、伊織に挨拶をした。

「伊織さま、お団子を食べていって下さいな。鮎もお団子、どう？」

伊織が腰掛けると、鮎は素直にその隣に座った。

伊織は気さくに鮎に話しかける。自然に、昨日のもてなし料理の話になった。

「私もあの後、田楽と煮こごりはご相伴させてもらったんですよ。ぷるぷるの煮こごりを、飯の上にのせるとす〜っと溶けて、うまかったなぁ。田楽も、あの味噌が絶品で……お鮎さんは召し上がったことありますか」

「いえ。大叔母さまはうちでは……」

「台所に立たせてもらえなかったのよ」

　さゆが苦笑した。鮎がつぶやく。

「私も大叔母さまの田楽と煮こごりを食べてみたい」

「田楽ならいつでも作ってあげるわ。簡単なのよ、合わせ味噌を作るだけだから」

「私にも作れる？」

「もちろんよ」

　鮎が身をのりだした。

「作り方、教えて、私に」

「そのときはぜひ私にも」

　伊織がいった。鮎が振り向いて伊織を見た。

「伊織さまが田楽を作るんですか。お侍なのに？」

「ええ。作り方を知っていれば、いつでも好きなときに自分で食べられますから」

「それでは、そのうちにふたりまとめて、お教え致しましょう」

　さゆがおもむろにいうと、鮎はくすっと笑って肩をすくめて、伊織を見上げた。

「お侍さまって、家のこと、なんにもしないと思っていましたのに。伊織さまって、変わってらっしゃるんですね」

「池田家の影響かな。先代の殿様も料理には目がありませんでしたよね」

　峯高は各地の料理法を仕入れてきては、さゆたちに自ら伝授していた。

男が台所に入るなどあってはならぬことと、母君がやっきになってとめても、「料理屋には男の板前が大勢おるわい」と前掛けをつけ、包丁をふるったりもした。

「そういえば、お客人のお父上・渡辺俊一郎殿は、若き日に食べたおさゆさまの料理を覚えていらして、おさゆさまの料理を再び食べられたと感嘆しきりだったそうですね。おさゆさまは俊一郎殿の胃の腑(ふ)を、きゅっとつかんでおられたんですな」

「伊織さま、さまではなく、さんでお願いしますよ」

さゆがすかさず念をおすと、伊織ははっとしたようにうなずいて「失礼しました」と頭を下げた。

「胃の腑をつかむとは、どのようなことですか?」

鮎がすくい上げるように伊織をみつめる。

「男はうまい飯で胃の腑をつかまれたら、もはや太刀(たち)打ちできませぬ。よくいうではないですか。男をつかむなら、胃の腑をつかめ、と」

「伊織さまったら、ばかなことをいって」

ふと俊一郎の顔が目に浮かび、さゆの頬が熱を帯びた。店が暗いのが幸いだった。

「私もおさゆさんの料理に胃の腑を飼い慣らされた口ですから」

「じゃ、もう一本、団子をつけましょうね」

伊織の笑い声に、鮎の笑い声が重なる。

帰り際、伊織は鮎に声をかけた。

「もしよかったら、お送りしましょうか」

スミが迎えに来る手はずになっていたが、鮎は一瞬おいて、うなずいた。

「お願い致します」

見送りにでたさゆに、鮎はそっと耳打ちする。

「胃の腑をつかむ料理、少しずつ教えてくださいな」

「えっ？」

「まずは田楽味噌から」

鮎は肩をすくめ、さゆに微笑むと、先を行く伊織に駆け寄った。

まさの嫁入り話を進めるためには、すぐにでも春に会いに行かなければならないのに、踏ん切りがつかずにいたさゆが相談したのは、やはり小夏だった。

小夏はしばらく考え、ぽんと手をうった。

「朝から晩までは無理かも知れないけど、朝だけとか、一日おきにでなら働ける、そういう人ならいないわけじゃないわよ」

お茶の稽古で一緒の二十二歳になる出戻りだという。隣町・本松町の下駄屋の娘で、名をるりという。

るりは十八で繭玉問屋に嫁いだが、三年たっても子が産まれなかったために離縁され、実家に戻ってきた。家は兄一家が継いでいるが、それなりに大きな商売をしているので、食べることに困っているわけでもない。

再婚話も持ち込まれるが、後妻にいこうという気持ちにもならず、かといって家の体面もあり、おいそれと働きに出るわけにもいかない。何かしたいのに、したいことも見つからないと、小夏に打ち明けていたという。

「とりあえず、会うだけでも会ってみたら」

その日のうちに、小夏はるりを蒲公英に連れてきた。さゆは覇気もやる気もない女を想像していたが、そうではなかった。

愛嬌はないものの、あっさりさばさばとしている。

「つとまるかどうか、わからないし……まずは試しに働かせてもらえますか」

給金は働きぶりを見てから決めてもらっていいので、早速、蒲公英で働きたいと、るりはいった。ことの進み方の早さに、とまどった顔をしたさゆに、小夏は

「善は急げよ」といい、とんとん拍子に、翌朝からるりがくることに決まった。

るりは浅黒くやせ気味で、器量は十人並みである。

ただお茶をやっていることもあり、何をさせても手つきがきれいだった。物覚え

もよく、蒲公英での煎茶の淹れ方、客の好みなども一度聞けば忘れない。団子の生地作りはやったことがないらしく、もたもたしていたが、いずれ呑み込んでくれるだろうと思われた。

るりが余計な口をたたかないところも気に入った。意識してそうしているのではなく、るりはもともと口が重く、お上手もいえない性分らしい。

伊兵衛とふくなどの常連たちは、若いるりがきてすぐは、いつもより華やいでいたが、るりが一向に話に乗ってこないので、あてがはずれたようで、三日もすると、また落ち着きを取り戻した。

働きぶりは申し分ない。そこで五日がたったとき、一日店をまかせることにして、さゆは春の家を訪ねることにした。

朝早くから団子を多めに作りおきして、さゆは家を出た。

水色の空が広がっている日だった。風も少なく、猪牙舟はすべるように神田川を上っていく。

江戸川橋で舟を下りてからは駕籠を使おうと思っていたが、天気もよく風も気持ちがいいので、さゆは歩くことにした。

護国寺の参道を進み、護国寺の前を左におれてしばらくいくと田畑地にでた。ここをぬけていけば巣鴨である。

春の実家の霧島屋は、東福寺という寺の近くだと聞いていた。だが、寺がいくつも点在していて、どの寺が東福寺かがわからない。

さゆは人に尋ねたり、寺の名を確かめながら歩いた。

「これかしら」

通りすがりの農夫が指をさした寺をめがけて歩いてきたさゆは、廻りの寺の倍ほどもある立派な土塀に目を見張った。

石段をあがった先に屋根付きの立派な門があった。

門柱にかけられた名をたしかめようと石段をあがりかけたとき、中から笠をかぶった武家の男が出てきた。

「すみません。ここは東福寺でしょうか」

「さようですが」

男は低い声で答え、かぶっている笠を指でちょっとあげた。

「……おさゆさん？」

その顔を見て、さゆは息をのんだ。

「え？　……渡辺さま」

ふたりははじかれたようにお辞儀をかわし、しきりにまばたきをしあった。

俊一郎は友人の命日で、墓参りに来たのだという。

先日、池田家で、三十数年ぶりに出会ったふたりが、わずか数日を隔てまた会うとは誰が思っただろう。

縁は重なるものなのだろうか。

さゆが、池田家の女中頭だった春の見舞いに来て、霧島屋という植木屋を探しているというと、俊一郎は気さくにいった。

「せっかくでござる。霧島屋を探す手伝いをさせてくだされ」

チュンチュンとしきりに雀の啼く声が五月の風に乗ってくる。

「よく晴れて、気持ちがいいですな」

「徳太郎さまは、もう長崎に旅立たれたんですか」

「あとしばらくしたら出立するようでござる」

「ご立派なお跡継ぎがおいでになり、お幸せでございますね」

「なんとかやっているようで」

「長崎はどんなところでございましょうね」

長崎奉行は、外国貿易や長崎の司法と行政を統括する役職である。

「和蘭からの船が長崎に入港するのは六月末から七月だそうで、その前に前任者と引き継ぎをせねばならず、今、こちらでもできる限り勉強しているようでござるが、行ってみないとわからないことも多くござろう」

「変わったお料理も長崎にはあるんでございますよね」

思わず、さゆはつぶやいた。さゆの蔵書の中に『会席しつほく趣向帳』という本がある。先代の殿様、峯高が長崎奉行として赴任したときの土産だった。しっぽく料理は長崎のもので、大皿に盛られたものを、お膳ではなく、みんながひとつの円卓を囲んで味わうという食事だ。

峯高は長崎の料理屋から、大きな茶碗蒸しや、ゆで卵が入った「竜眼（りゅうがん）」と呼ばれる練り物、味がついた衣で揚げた長崎天ぷらの作り方を聞いてきて、さゆたちに披露したりもした。

「長崎料理をご存じでござるか？」

「何品かは。本場にはもっとたくさん珍しい料理があると、殿様はおっしゃっていました」

「食べてみたいですか？」

「それはもう……」

俊一郎に笑みが広がる。

「食いしん坊ぶりはかわりませぬな。おさゆさんを見たときに、お変わりないのにも驚きましたが」

さすがに、さゆはぷっと噴いた。

「お変わりないって。渡辺さまったら、なにをおっしゃいますやら。すっかりおばあさんになってしまったのに」

「いやいや。ひと目でわかったのが、その証拠でござる」

「渡辺さまってそんな方でしたかしら。お上手になって」

「いたって正直者なのは昔も今も変わりませぬ」

そういって俊一郎も、声をたてて笑い出した。

何をいっても嫌味がないところは、若いときから変わらない。

自然に顔を見合わせる。

懐かしさでさゆの胸がいっぱいになった。あれから何十年もたったというのが信じられない気がした。

侍の年寄りはだいたいに、口が重く、うむとか、ああとかばかりで、言葉がでなくなるものだが、俊一郎はさゆにさりげなく話し続ける。

「茶店を、お訪ねしてよろしいかな。おさゆさんの団子をまた食べたいものでござる」

「ぜひおいでくださいませ。蒲公英という暖簾がかかっておりますから、すぐわかります」

すると、俊一郎ははっとした顔をした。

「店の名は蒲公英でござるか。そういえばおさゆさん、あのころも蒲公英がいちばん、お好きだとおっしゃっておりましたな。春から秋、日当たりが良ければ冬もきれいな黄色い花をつけ、風に乗って遠くまで綿毛を飛ばす蒲公英は、小さいけれどたくましいといっておられた。茎や葉を天ぷらにすれば食せるところもありがたいとも」

さゆは足を止め、きょとんと俊一郎を見つめる。

「私が、そう申したのですか？　渡辺さまに」

いった記憶がない。けれど自分がいいそうなことだし、俊一郎が作り話をする理由もない。とすれば自分が忘れたことを俊一郎が覚えてくれていたことになる。

さゆはなんだかくすぐったいような気持ちになった。

蒲公英という店名にしたのは、馴染み深い花だからだというにすぎなかった。けれど、馴染み深い花は他にもたくさんある。自分が思っていた以上に、さゆは蒲公英が好きで、だから店の名に選んだのかも知れない。それを俊一郎から教えられたような不思議な気持ちになった。

霧島屋はすぐに見つかった。まわりにツツジなどの木々が植えられ、その奥に広い屋敷があった。

「お目にかかれてよかった。ではまた近いうちに」

俊一郎は折り目正しく一礼すると、ふたりで歩いてきた道を戻っていった。

春の腕は思ったよりも回復しており、添え木もとれていた。

「こんなに遠くまでおいで下さって……」

まさかさゆが見舞いにくるとは思っていなかったようで、春は感激のあまり涙ぐみ、大慌てで座敷に案内した。

立派な庭が広がっている。築山の石の合間にツツジが折り重なって植えられ、花の季節はさぞ見事なことだろうと思われた。

春は、渡辺徳太郎のもてなしをさゆが取り仕切ったことも知っていた。

「このたびは、おさゆさまに大変お世話になり、本当にありがたいことだと手を合わせておりました。けれど、ずっと腕を固めていたせいか、力がなかなかもどらなくて……。鍋を持てるようになりましたら、すぐにでも帰りたいと思っております」

春は今年、四十になる。嫁入りしていたら、孫がいてもおかしくない年齢だ。十五で池田家に来たときには、まるでこけしのようなかわいさだった。小柄なせいもあって、子ども子どもしていた。

おっとり育ったのが、その物腰からわかった。

先輩女中には手が遅いやら要領が悪いやらいわれ続けたが、一年たったころにはなんとか人並みに働けるようになり、三年目になると驚くほどしっかりして、先頭で立ち働くようになった。

中でも料理の上達はめざましかった。さゆ同様、春は食べることが大好きで、味を覚える才があった。

先代の美恵が嫁入りの話をもってきても、耳を貸さないのもさゆと同じだった。ただひとつ違うのは、春には嫁入りしないはっきりした理由があったのである。

——おいしいものを毎日作り、ご飯が思う存分、食べられて幸せ。私はこうしていられたら満足です。嫁になんかいかない。

なんでもまんべんなく、たくさん食べるからなのか、華奢なのに丈夫で風邪ひとつひかない春は、いつしかさゆの右腕となった。

「わざわざおいでくださいまして、ありがとうございます」

やがて、兄嫁がお茶菓子を持って挨拶に顔をだした。

今、両親は別棟に隠居し、兄とその長男が霧島屋を切り盛りしているという。店の名は霧島ツツジに由来しており、主にツツジを扱っているが、秋には菊を手がけると、兄嫁はいった。

「おさゆさまは、池田さまをやめられて、今はご実家暮らしですか」

義姉がそう尋ねたとき、春が一瞬、苦いものをかみしめるような顔をした。

さゆが実家を出て、本小田原町で茶店をしているというと、義姉は驚いたように目をみはる。

「そういう生き方もあるんですねぇ。いえ、このあたりに、旗本奉公を長くした人なんていないものですから、いずれお春さんが帰ってきたときにどうなさるのかと思って。好きな生き方を続けていらっしゃって、うらやましい限りですよ。私なんか、年子の子どもを五人も育て、孫の面倒を見て、いまだに舅姑に仕えているんですから。せめて年をとったら子どもに面倒をみてもらわなくては、算盤があいません」

聞きようによっては、好きな生き方をしている春は、最後まで実家に頼らずに生きてほしいと、しれっといっているようだった。

義姉がひっこむと、春は大きく息をはき、庭をみながらつぶやいた。

「ツツジの花が咲く前に、戻らなくては。ここのツツジ、本当に見事なんです。里心がつきそうなほど」

まるで、家への思いをふっきるようないい方だった。

さゆは迷いつつも、まさの嫁入りの話を切り出した。

春にとってまさは、さゆにとっての春のようなものだ。こんなときに大事な後輩が春の元から去るかもしれない話をするのは気が進まなかったが、そのために来たのだ。

「おまさにはそういう道もあると思います。おまさが願うのなら、そうさせてやりたい」

春は深くうなずいた。

「おまさがいなくても大丈夫？」

春は笑みを浮かべ、さゆを見つめる。

「なんとかなりますでしょう。これまで何人もの嫁入りを見送ってきましたから。……おまさがいてくれたらという思いもあります。それだけの人ですから。でも、そうしたいというのなら、全力で助太刀いたします。……こうして一度、池田家を離れたおかげで、私は池田家の女中仕事が好きなんだと、改めて思いました。実家にいるより、池田家にいるほうが落ち着くとも。といっても、おまさがいなくても代わりを務める者がいるように、私がやめても、私の代わりはいる。世の中はそういうものですけど」

さゆはゆったり微笑んだ。

「お春がいてくれてよかったと、私はこの間、心底思いましたよ」

先日、手伝いにいったとき、池田家の女中たちがとても和やかに、かつ丁寧に働いていたとさゆは続けた。

「お春が中心になって、ちゃんとみんなを率いてきてくれたからだって。嬉しかった」

さゆ自身、自分がいなくては池田家の勝手はまわらないと思ったころもある。女中頭としていくらもてはやされようが、自分がいなくなっても、春がいて、まさがいる、と思えるようになったのは、少し年齢が上になってからだった。

「おさゆさま……今、お幸せですか」

不意に春がいった。さゆは首をひねった。

「……おもしろがっているところかしら」

「おもしろがっている？」

「毎日、いろんなことが起きるんです。いろんな人が店にきてくれるので、退屈しないの。意外でしょ。こんな余生を送るとは思わなかったわ。……でもお春、もし、お春が嫁入りしたいという気があるなら、及ばずながら私もひと肌脱がせてもらいますよ」

春が人差し指で自分の鼻の頭を指さす。

「え、私？　もう、おさゆさまったら気を回しすぎです。私の居場所は当分、池田家のお勝手でございます」

春はほがらかに笑った。

「今度、おさゆさまの蒲公英にも寄らせて下さい。どんな風にお暮らしなのか、この目でしかと見てみたいんです」

「いつでも大歓迎ですよ」

「池田家をでたら、私もお団子屋をはじめたくなるかもしれないし」

「商売敵（がたき）ですか。怖い怖い」

ひとしきり笑った後、さゆは霧島屋をあとにした。

春の兄も見送ってくれた。

「嫁がよけいなことをいいませんでしたか？　春が帰ってきて親が手放しで喜んだものだから、悔しがって、つけつけしているんですよ。春がつくるものを、みんながうまいうまいと食べるのもしゃくにさわるみたいで。確かにうまいからなぁ」

「兄さん！　心配しないで。私は間もなく池田家に戻るから。でも元気でいてよ。兄さんがいなければ私、この家に帰って来られないもの」

兄にそういうと、春はさゆに向き直った。

「屋敷に戻りましたら、おまさと今後のこと、話してみます」

帰り道、さゆの胸にはさまざまな思いがうずまいていた。

春はさゆの年になったとき、帰る場所があるのだろうか。

茶店をできなくなったとき、自分はどうするのだろうか。料理や掃除をして、人の役に立つうちはまだいい。人の役に立つことができなくても、自分のことができるのなら、いいともいえる。

だが、長生きすれば、それもできなくなる日もくるだろう。そのとき自分は、いわし屋に戻るのだろうか。きえたちに面倒をみてもらうのだろうか。

そうなったとしても、誰かと話したり、笑ったりしたいというのはわがままだろうか。

とにかく、この先も元気でいられますようにと願うしかない。

ふと俊一郎の顔が浮かんだ。

俊一郎が、蒲公英を訪ねてきたらと思うだけで胸がどきどきする。

だが、さゆはううんと首をふった。

ああ見えて、俊一郎は佐渡奉行を務めた幕閣(ばっかく)の重鎮だったのだ。

本日は供もつれていなかったが、さゆとは身分がまったく違う。本来、さゆが並んで歩けるような人ではない。

誰にも見られることなく、知らない田舎(いなか)道を、ふたりで風に吹かれながら歩いたからなのか、若い時を思い出して、つい気軽に話をしてしまった。

俊一郎には徳太郎をなした奥様もいるはずで、そのことを思うと、俊一郎になれなれしくしてしまった自分のうかつさに、ほぞをかむ思いだった。

本日、俊一郎と楽しいときを過ごせたのは思いがけぬ幸いだったが、俊一郎が蒲公英を訪ねてくれるなんて、やっぱりなさそうな気がした。


るりが朝から昼まで店にいてくれることが、本決まりになった。

店の前を掃除したり、さゆが作っておいた団子の生地を丸めて蒸すのは、今はるりの仕事だ。客が使った湯呑や急須を洗うのもるりで、立ったり座ったりしなくてよくなり、さゆの体はずいぶんラクになった。

その日の朝、さゆは棒手ふりの魚屋から鯛の刺身用の柵を買った。

客が途切れると、さゆはるりに店番を頼んで、すり鉢で黒胡麻を当たった。

俊一郎が鯛の利休和えを美味しいといったことが心に残っていた。池田家の宴会でさゆは利休和えを作ったものの、ほんのちょっと味見をしただけだ。

自分を一度、お客にして、利休和えを作ろうと思った。それくらいの贅沢をしてもいいだろう。

できあがりは案外量があり、さゆは思いついて、小鉢三つに盛り付けた。そろそろ小夏がくる時間だった。手早く、塩むすびも三つ握った。

「こんにちは。あれ、おるりさんだけ？　おさゆちゃんは？」

案の定、小夏の声が店から聞こえ、るりの声が響いた。

「おさゆさん、小夏さんが見えましたよ」

さゆはお盆に小鉢とおにぎりの皿をのせると、店に運んだ。

「ちょっとこれ、食べてみて」

二人の前にも小鉢と皿、箸をおく。

「どうしたのこれ」

「この間、殿様のところで作ったの」

「お刺身の胡麻和え?」

「利休和え」

「ああ、胡麻だから」

お茶を習っている小夏とるりは、察しよくうなずいた。

三人でいただきますと手をあわせ、箸をとる。

胡麻のとろりとした濃厚な味わいと、淡泊でありながらうまみたっぷりな鯛が調和している。

「おいしいわね」

「こんな料理上手なら、一家にひとり、おさゆちゃんがほしいくらいだわ」

小夏がそういって、おにぎりをぱくっと食べる。

俊一郎の顔が思い浮かんだ。

また一切れ、鯛を口にすると、嬉しさとも切なさともつかぬものがこみあげ、さゆの鼻の奥がつんとした。

第五話　茜（あかね）色の夕暮れ

るりが店で働くようになって、しばらく過ぎた。

通常は朝五つ（八時）から昼九つ半（一時）までだが、忙しければ時間を超えても残ってくれる。融通がきくところも、さゆにとってはありがたかった。

さゆには派手すぎる山吹色の襷と前掛けも、るりにはよく似合った。

小夏は、紹介した手前、しばらくはるりがいる時間に店に居座って様子をうかがっていたが、今では以前のように夕方近くに顔をだすことも多い。

るりが帰るのと入れ替わりのように、鮎も稽古帰りにしょっちゅうやってくる。

その朝、乾物問屋の隠居・伊兵衛と小間物屋「糸屋」のふくが大判の錦絵を前にしゃべっていた。

「この隈取りの勢いのあること。着物の色あいも渋派手で、ぐっとくるわ」

ため息交じりに、ふくが錦絵をみつめる。

描かれているのは、「歌舞伎十八番・暫」の主人公・鎌倉権五郎景政を演じる團十郎だ。

作者は歌川国貞。

江戸者はこの演目が大好物だ。

罪のない善男善女が悪人に捕らえられ、皆殺しにされかけたとき、「しばらく〜しばらく」と大声でいいながら鎌倉権五郎景政が花道から現れ、ばったばったと悪人をやっつける。錦絵はこの鎌倉権五郎景政の姿を映していた。景政が身につけているのは、鮮烈かつ上品な色合いの赤である。

「国貞が三年前に初筆だなんて、とてもじゃないが信じられないよ」

腕を組み、伊兵衛はうなるようにいう。

「伊兵衛さんは喜多川歌麿のひいきじゃなかったの？」

ふくがそういい、湯呑に手を伸ばした。

「歌麿の美人画は今でも好きだよ」

「あのころ、若い男はみんな『寛政三美人』に夢中だったわよね」

歌麿が人気だったのは、十数年前のことだ。中でも富本豊ひな、難波屋おきた、高島屋おひさという、当時を代表する三人の美人を描いた「寛政三美人」は飛ぶように売れた。

豊ひなは富本節を語る吉原の美人芸者。おきたは浅草随身門前の水茶屋の娘。おひさは両国薬研堀の水茶屋の看板娘。

実物を見たさに、若い男たちが三人のもとに押しかけ、大騒ぎとなったという。

それだけ人気があった歌麿だが、八年前、豊臣秀吉の醍醐の花見を題材にした「太閤五妻洛東遊観之図」を描いたために捕縛され、手鎖五十日の処分を受け、二年後に亡くなった。

「好きなものを描かしてやりゃあいいじゃねえか。あんなことがなかったら歌麿も、今も元気に絵を描いているかも知れないってのに」

「その通りよ。了簡が狭すぎ」

団子を食べ、お茶をすすりながら、例によってふたりの話はだらだら続く。

「おるりさんは、芝居は行かないの？」

　ふくが思いついたようにいった。ふくは芝居好きで、月に一度はめかしこんで芝居小屋に通っている。

「なかなか」

「思い切って行ってご覧なさいな。気晴らしになるよ」

「今、歌右衛門が、『隅田川続俤』の法界坊をやってるよな」

「よかったわよぉ。極悪人なのに、どこか滑稽で憎みきれなくってさ」

　そういったふくに、伊兵衛が表情を消してつぶやいた。

「隅田川といや、近ごろ、人さらいがあったというじゃないか」

　歌舞伎の隅田川の演目は、人さらいにあった子を母がもの狂いとなって探す、能の「隅田川」を下敷きにしている。

　江戸では今も迷子が多く、人さらいも少なくない。さらわれた子どもたちは売られてしまうと決まっている。日が暮れると、女子どもはまず外を出歩かないのはそれもあってのことだった。

「気の毒にねぇ、早く見つかればいいけど」

「友吉さんたちが躍起になって探してるらしいが」

二煎目のお茶をだしたるりに、ふくはまた声をかけた。

「それはさておき、るりさん。たまにはお洒落して出かけなさいな。まだ若いんだから」

伊兵衛もふくも、るりの事情を知っていて、励ましたいと思っているようだった。

だが、るりはわずかに首をかしげただけだった。

るりは客に積極的に話しかけることはしない。それどころかいくら話をふられても、自分の話は一切、口にしない。

――子どもができないっていうので、ずいぶんいじめられたみたい。愛嬌がない。かわいげがない。そのぶっきらぼうな口調をなんとかしろって、姑や舅にいわれ放題だったんだって。たしかにそういうところはあるんだけどね。それにしたってさ、夫婦別れして一年もたたないのに、元の亭主はもう新しい嫁をもらったそうよ。普通、もうちょっと間をおくものでしょう。あんまりよね。

さゆは、小夏から聞かされたことしか知らない。るりが話したければ自分から話すだろうし、無理に聞きたい話でもなかった。

るりがまじめに気持ちよく仕事をしてくれれば、それでいい。

だが日がたつにつれ、るりには愛想というものが本当にないのだと、さゆもわかってきた。

誰に対しても受け答えはつっけんどんで、にこりともしない。

朝四つ（十時）になり、職人たちがどやどやと入ってきたのを機に、伊兵衛とふくはまた明日と帰って行った。

「おるりさん、こっち、団子三本」

「おいらは四本」

「ただいま」

るりは通り一遍にいい、客の間を走り回る。

ちょっとは笑ったらいいのにと思わぬこともないが、きちんと受け答えはしているし、手際は日に日によくなっている。色香を売る水茶屋ならいざ知らず、愛嬌がないと文句をつけてくる輩は今のところいなかった。

職人たちが団子を食べきって出て行くと、伊織が同心と、岡っ引きの友吉を引き連れてやってきた。

伊織が人を伴ってくるのは、これがはじめてだった。その様子から御用の途中で立ち寄ったとわかった。

「いらっしゃいませ。どうぞ、空いているところにお座り下さいまし」

さゆは親しみをこめた物言いをひっこめ、他の客と同じように声をかけた。

三人は端の腰掛に陣取ると、伊織はふたりにいった。

「うまいんだよ、ここの団子」

「宮下(みやした)殿が町の団子屋のことをご存じだとは……いやはや恐れ入りました」

三十がらみの同心は笑いをこらえているが、さゆの素性と伊織との関係を知っている友吉は神妙な顔を崩さない。

「十本ばかり焼いてもらおうか」

人の良さそうな同心は、お茶の味わいの繊細(せんさい)さに目を丸くし、たれがたっぷりかかったみたらし団子に舌鼓(したつづみ)を打った。

「確かに絶品でござる。今日は宮下殿に驚かされることばかり。団子とお茶の美味さもですが、内与力の宮下殿が現場を見たいと、我々に同行なさるとは……。与力のみなさまは、最後の捕り物のときにだけおいでになるのが普通でござるのに」

「報告を聞いただけじゃ、わからねえこともあるだろう。いや、報告や書類が不備というわけじゃないんだ。よくできている。でも現場を見知ってるのと知らないのとでは、その中身をどう読むか、違う気がしてな、ましてや子どもがらみの話は、迅速に対応せねば、取り返しのつかぬことになりかねない」

他の客が出て行って店が静かになったからか、聞くともなしに三人の話がさゆの耳にも入ってきた。

南新堀町の船宿「防州屋」の倅・吉五郎十四歳。

日比谷の海苔店「福田屋」の息子・金兵衛十三歳。

小網町の酒店「桝屋」の息子・万吉十五歳。

そして昨日から本松町の大工、長七の息子・益五郎十五歳の行方も知れないという。

益五郎の住む本松町は、本小田原町の隣町といっていい。

さっき、伊兵衛とふくが話していた人さらいの件らしかった。人さらいにあったのは、ひとりではなかったのだ。

十三歳から十五歳。大人にはなっていない、体ができかけの男の子ばかり。

その子たちが売られるとしたら、待っているのは厳しい労働だ。さらわれた女の子は女郎屋に、男の子はただ働き要員として売られていくのが常だった。

そのとき、団子を焼いている、るりの手が止まっていることに、さゆは気がついた。

「おるりさん」

さゆが声をかけると、はじかれたように我に返り、るりはあわてて網の上の団子を裏返した。低い声でつぶやく。

「長七さんの息子も……」

「益五郎って男の子、知っているの？」

「……住まいがうちの近くだし、長七さんがうちに出入りしているもので」

雨漏りした実家の納戸の直しを先日、頼んだとき、長七が益五郎を手伝いとして連れてきたと、るりはぼそぼそといった。

伊織が顔をあげた。ふたりの声が耳に入ったらしい。

「益五郎、年の割に体が大きいそうだな」

「どっちかといえば」

「長七はまじめ一点張りの男だそうだが、息子はどうなんだ？」

「……さぁ」

るりは歯切れ悪く、言葉が続かない。

「知っていることを宮下殿に申し上げろ」

友吉がじれたように強い口調でいったが、るりは浮かぬ表情のまま、口を濁した。

「仕事をしているところを、ちょっと見かけただけだから……」

「家出しようという気配なんぞなかったか？」

「……そんなこと、わかるわけないですよ」

いきなり、友吉が腰をあげ、腰掛をばんと叩いた。

「おまえ、旦那に何、生意気な口をきいてんだ」

「友吉さん、おるりさんに悪気はないんです。裏表のない人なんで」

さゆは、るりをかばわずにはいられなかった。友吉をなだめるように、伊織はその肩に手をおいた。

「考えてみりゃ、おるりさんのいうとおりだ。ちょっと見知っているだけで、そいつが家出しそうかどうかなんて、わかるわけがないや。八卦見じゃないんだから。すまなかったな」

侍が、ましてや与力が町人に謝るなんてことは、ありえない。同心の目が驚きでまた大きくなった。伊織はひょうひょうと続ける。

「四人に共通しているのが、夕方から夜にかけて行方がわからなくなっている、体が大きく丈夫そうに見えるという二点だ」

益五郎は、一昨晩、木戸が閉まるぎりぎりの時刻に遊び仲間と別れたきり、行方が知れなくなったという。

「おるりさん、益五郎の顔はわかるかい？」

るりは伊織に、はあとうなずく。

「そこの番屋で、益五郎の似顔絵を見てもらえねえか。これまで似顔絵を頼んでいた絵師が中風で倒れちまって、絵心があると名乗り出た下っ引きに描かせたんだが、ど素人のおれがみても、へたくそなんだよ、その似顔絵」

「……益五郎さんを知っている人は、他にいくらでもいるんじゃ」

長七夫婦に見てもらえばすむ話だが、ふたりは長屋の連中と朝から晩まで、益五郎の行きそうな場所を探し回っているという。

「おるりさん、似顔絵を見ておあげなさいよ。人助けよ。それに番屋は隣なんだから」

さゆがいうと、るりは短く息をはき、前掛けをはずした。

「まったく愛想のない女だな。かわいげってもんがねえや」

友吉があきれたようにつぶやいた。

鮎とスミが入ってきたのは、そのときだった。

伊織を見て、鮎はあわてて頭を下げた。伊織は会釈を返すと、るりの背中を親しげに押し、友吉たちと出て行く。

鮎は戸が閉まると、珍しく早口でさゆにいった。

「おるりさん、どうしたの？　伊織さまと一緒に出て行ったけど」

「番屋に行ったのよ」

「番屋って……どういうことですか」

「伊織さまに御用向きのお手伝いを頼まれたの」

「御用向きの？　おるりさんがどうして」

「大工の長七さんって人の息子さんが行方知れずになって……」

えっと、鮎の口があいた。

「もしかして益五郎？」

「鮎も知っているの？」

「長七さん、うちに出入りしていますもの。それに、益五郎とは手習い所が一緒でした。しゃべったことはないけど覚えてます。ひとつ年下のくせに生意気で、お師匠さまにしょっちゅう叱られて。でも行方知れずってどうして？　まさか人さらい？」

「そうかもしれないって」

「そんな……」

鮎は顔を曇らせた。

「じゃ、鮎も益五郎という子の顔、知っているのね？」

こくんとうなずいた。さゆは前掛けをはずした。

「おスミちゃん、ちょっと店番をお願い。お客様がいらしたら、すぐに戻ってくるからって、いってくださいな」

さゆと鮎が番屋に入っていくと、なぜか、るりが筆を握っていた。傍らにおかれた絵は、丸に目と鼻がついたものに過ぎず、似顔絵とはほど遠い。

「絵を見た途端に、これではわかんねえって……」

るりが書き役の筆をとったという。

やがてるりは筆をおき、顔をあげた。

伊織はるりが描いた絵を手に取り、じっと見つめた。

「これが益五郎か」

さゆが、鮎も益五郎を知っているというと、伊織は「そりゃありがたい」といい、鮎に似顔絵を手渡した。

えらがはった五角形の輪郭。横にはった鼻。ぼさぼさの眉。少し吊り気味の目。まっすぐに閉じられた薄い唇……負けん気の強そうな少年の顔がいきいきと描かれている。

「どうだい？」

「そっくり……。このまんまです」

伊織は振り返って、るりに微笑みかけた。

「たいしたもんだ。おるりさん、あと十数枚、同じものを描いてくれないか。岡っ引きに持たせたり辻に貼ったりしたいから」

るりは黙って伊織にうなずき、また筆をとる。

さゆと鮎はそっと番屋を後にした。

「おるりさん、絵の才があるのね。とっても上手だった。伊織さまも喜んでらして。……どうしてあんなに上手に描けるのかしら。習ったのかしら」

鮎がぶつぶつとつぶやく。

下駄屋が娘に絵を習わせるなんて聞いたことはない。同じ束脩料を娘のために払うなら、裁縫や三味線だろう。

店番をしていたスミに礼をいい、さゆはふたりにお茶を淹れ団子を焼いた。

鮎は喉が渇いたのか、お茶を一気に飲み干した。

「益五郎ちゃんって、どんな子なの？」

「子どもの頃から、やんちゃで……そういえば去年の秋、手習いで一緒だった子と町でばったり会ったとき、益五郎がちょっと荒れているといっていました。かわいがってくれていたおばあちゃんが亡くなったせいかもしれないって。益五郎は、おばあちゃん子だったから。でもだからって、夜遊びするなんて。まだ十五だというのに。そのせいで人さらいにあったのだとしたら……」

鮎は考え込むように口をつぐんだ。やがて、ごちそうさまと腰をあげた。

「せっかく来たのに、もう帰るの？　うちでお針をしてもいいのよ」

「益五郎のこと、おとっつぁんたちの耳にいれたほうがいいと思うので。長七さんとうちも長いつきあいですから。……おるりさん、帰ってこないのね。ずっと番屋で伊織さまと一緒なのかしら」

「何枚も絵を頼まれたからね」

「本当に上手ですもの」

鮎はぽつりといって、スミと帰って行った。

るりはしばらくして戻ってきた。

「おるりさん、驚いちゃった。絵がうまいのねぇ。見事だったわ。鮎もそっくりだって感心してたわよ」

「……女が絵なんか描けたところで、なんにもなりゃしません」

るりはむすっとした表情でいう。とりつくしまもない。

せっかくほめているのだから、もう少しかわいげのあるいい方をしたほうがいいんじゃないかと、さゆもさすがに思った。

仕事を覚えようという意欲を持ち、数日でコツを呑み込んでくれたるりは賢い女だ。けれど、けんもほろろなそのいい方では、聞き手の気持ちを萎(な)えさせてしまう。損な性分だと思わざるをえなかった。

翌日、鮎の母のきえがやってきた。あじさいが描かれている青地の訪問着に、淡桃色の帯を締めたきえは、大店のご新造様らしい風格がある。

その表情と装いから、何かさゆに話があって来たに違いなく、客の耳が並んでいる店ではさしさわりがあるような気がした

「お忙しいところ、お邪魔してすみません」

「まあ、どうぞ奥に」

さゆはきえを茶の間に案内した。

「おるりさん、店をお願いしますね」

るりは首だけでうなずいた。

きえはちりめんの風呂敷を開き、手土産の羊羹をさしだす。

「気持ちばかりでございますけれど」

障子の向こうから、るりの声がした。

「お茶を」

障子があいて、湯呑と団子皿がのったお盆がすっと中に押し入れられた。るりは気がきかないわけではないのだ。

きえは部屋の隅に飾っていた水差しに目を向けた。小さな白い花をつけたウラジロノキに都忘れを投げ入れしていた。

「まあ、おさゆさまはお忙しくなさっていても、こんな風に花を楽しまれて。……それにしてもこの花器、見事でございますね」

豊かな家に育ち、幼い頃から美しいものを見慣れているきえは、いいものを見逃さない。池田家からもらった美恵の水差しだというと、なるほどという表情をした。

それからしばらく近況を交換した。

「ご繁盛(はんじょう)で何よりですね。あの子を新しく雇われたんですか」

「ええ。ひとりだと店から離れられなくて。普段は昼まで来てもらっているんですの」

「口入れ屋さんですか」

「いえ、小夏さんの紹介。お茶が同門なんですって。隣町の下駄屋の娘さんよ」

きえの表情がゆるむ。

「それなら安心ですわ。近ごろは物騒ですから、ひとり暮らしは用心しませんと。長七さんの益五郎さんのこともありますし」

長七はもちろん、長屋の人や大工仲間が益五郎を探し、江戸中を駆け回っているという。いわし屋からも小僧を二人、探索の手伝いにだしたと、きえはいった。

「今日、伺いましたのは、鮎のことでございまして……」

縁談が持ち上がっているという。相手は呉服問屋の跡取りで二十二歳。小夏が前に口にした相手のようだった。

「手堅い商いをしている店で、ご本人もまじめだと評判の、申し分のないお話なんです。ですが、その話をした日から……」

鮎がめそめそし、「嫁にいきたくない」とぐずぐずいいはじめた。

「まだ十六ですからねぇ」

「でもおさゆさま。すぐに十七、十八、あっという間に二十歳になります。そうなればいい話などなくなってしまいます」

どこかで聞いた話だ。さゆが親からいわれた言葉とそっくり同じだ。きえは膝を進めた。

「鮎から何かお聞きになっていませんか」

「聞くとは何を？」

「……万が一、誰か好きな人がいたりでもしたらやっかいだと思いまして」

瞬間、さゆは、伊織に対して鮎が見せた、はじらうような笑顔を思い出した。胃の腑をつかむ料理を習いたいといったときの表情も。

だが、それを恋と呼んでいいのだろうか。

鮎は箱入り娘である。十二、三歳まで通っていた手習い所でも、男の子と口を交わすことはほとんどなかっただろう。その後も、年の近い男と気軽に話すことなどなかったはずだ。

そこに伊織が現われた。もし、鮎が伊織のことを憎からず思っていたらと思うと、さゆの胸の鼓動がせわしくなってしまう。

いわし屋は大店で、内与力の家と釣り合わないわけではない。ただ武家と商家では家風が違いすぎる。伊織のしっかり者の母・鶴(つる)に、蝶よ花よとのんびり育てられ、体も頑健というわけではない鮎が仕えられるという気がしない。

そもそも伊織は、さゆのことを女として意識しているだろうか。

確かに伊織は気さくに鮎に話す。だが、鮎にだけではない。伊織は、あのるりにさえ、笑顔で話しかける。

伊織が鮎に心惹(ひ)かれているとまでは、いえないような気がした。

自分は鮎に、酷(こく)な思いをさせてしまったのではないか。

さゆは短く息をもらした。

「おさゆさま、折を見て、鮎の気持ちを聞いてもらえませんか」

「そんな大事なことは、やっぱり親のおきえさんが……」

だが、さゆの言葉をきえは遮った。

「尋ねても何もいわないんです。親の私には話せないことでも、おさゆさまになら打ち明けてくれるかもしれませんので」

目を据えて語るきえに、さゆはうなずくしかなかった。

鮎に幸せになってほしいと、さゆは思う。それなら、嫁ぎ先はいわし屋と同格の、鷹揚な商家がいちばんだ。

自分もかつて親にこんな思いをさせていたのだろうか。

きえを見送り、るりも帰った後、店を切り盛りしながら、さゆは鮎と伊織のことを考え続けた。

侍の女房は、奥の仕事をすべてしきるだけでなく、公のつきあいから接客までまかされている。

それぞれの家に伝統があり、正月やお盆には料理はもちろん配膳法にいたるまで細かく決められていた。

味噌や漬物作り、屋敷内の畑仕事も女房が率先して行う。亭主の身の回りの世話、子どもの教育、近所や上司への季節毎の挨拶や付け届け、家計管理、来客の応対も女房の役割である。

亭主は表向きのことしかしないというのは、商家も変わらないが、いわし屋ほどの大店であれば、女房が指示さえすれば女中や奉公人が手足となってやってくれる。

だが、旗本ならともかく、伊織のような旗本の家来である陪臣となれば、女房もくるくる立ち働かなくてはならない。

鶴は今でも、女中に混じって自ら畑仕事もやっているはずだった。

夕方、小夏が籠を抱いてやってきた。

「お得意さまの料理屋さんからいただいたの。初物のお福分け」

「山城屋」が扱う蠟燭は高級品である。商売相手は大名や旗本、大店や遊郭、料亭に限られるため、山城屋のつきあいは華やかで、届け物も多かった。

籠の中にシシトウとカブと空豆が並んでいる。

「シシトウ、もう出たの？　早いわねぇ。おいしそう」

緑色が鮮やかで、ハリがある小振りなシシトウで、いかにも柔らかそうだ。

カブの太い茎と葉にも勢いがあった、茎の付け根まで淡い緑色で、真っ白なきめ細かい肌にはツヤがあり、つるりと丸い形が申し分ない。

空豆もさやの筋まで緑色で、うっすらと生えた白い毛が揃っている。

「うちは、シシトウはちくわと煮物にするって」

「ご飯が進みそうじゃない」

「カブは浅漬けと味噌汁だって。空豆は茹でるだけだろうし。なんか変わりばえしないのよ、お勝のお菜って」

小夏がふんと鼻を鳴らした。

小夏はさゆ同様、食べるのが生きがいだが、嫁の勝はそれほどでもないようで、凝った料理の話は聞いたことがない。だが、毎日のまかないなどそんなもので、勝が手を抜いているとは思えない。池田家のように、主が代々食道楽で、女中にも料理好きが揃っているという家は少ない。

春とまさの顔が脳裏に浮かんだ。ツツジが咲く前にといっていた春は、池田家にそろそろ復帰するころだろう。まさと話ができただろうか。

それに釣られたように、俊一郎のことも思い出した。

「蒲公英」に訪ねてきたいといっていたが、あれは勢いにまかせて、つい口にしただけの空手形だったのではないか。佐渡奉行までつとめた人物がふらりと町の茶店にやって来るなんて、聞いたこともない。そう自分に言い聞かせているものの、俊一郎を待つ気持ちは消えなかった。

で信じている。俊一郎は正直な人なのだ。訪ねるといったら、訪ねてくると、さゆは心のどこか

正直いえば近ごろでは、来る来ないと、気持ちが揺れることに疲れてきて、もうどっちでもいいと思ったりもする。

若いころならもっと激しく苦しい感情に翻弄されもするのだろうが、これも歳のせいかもしれなかった。

「おさゆちゃんは何を作る?」

小夏の声で、さゆははっと顔をあげた。

「そうねぇ。せっかくの初物だから、これからじっくり考えるわ。空豆、私、大好きなの」

池田家で空豆豆腐を作ったが、自分のために料理するのは今年はじめてである。

「そうこなくちゃ。明日、何を食べたか教えてね」

「食いしん坊だからね、小夏ちゃんは」

「おさゆちゃんほどじゃないわ」

シシトウの料理法はすぐに決まった。

苦さと甘さを生かす、焼き浸しだ。

暖簾を下ろすや、さゆは勝手に向かい、ごま油を引いた鍋で、焼き色が付くまで

シシトウを炒めた。味醂と酒と、鰹節のかけらをいれた出汁醤油と水少々をひと煮立ちさせた中に、炒めたシシトウを入れ、落としぶたをする。

カブは葉を切り落とし、皮をむいて薄切りにし、醤油、味醂、酢、生姜汁と合わせた。

葉はみじん切りにし、薄切りにしたネギ少々とごま油でしんなりするまで炒め、砂糖と出汁醤油で味を調え、白胡麻とおかかをたっぷりふる。

それから、さゆは湯屋にいった。空豆は帰宅してから、茹でるか莢ごとやいて食べようと思っていたが、湯屋の帰り、顔見知りの魚屋の棒手ふりにばったり会った。

「小エビ、どうですか。しまいですから、安くしときまさぁ」

渡りに船と、さゆは顔をほころばせ、お椀いっぱいの小エビを引き受けた。

帰るやいなや、さゆは勝手に直行し、小エビの殻をむき、背わたをとり、粗みじん切りにし、粘りが出るまでたたいた。少し固めに塩ゆでした空豆と小エビ、溶き卵、片栗粉、すり下ろした生姜、塩をさっくり混ぜ合わせ、これを蒸そうか焼こうか一瞬、思案した。

もうおなかはぺこぺこだ。

さゆは鍋に油を薄く引いた上に、しゃもじでたねをぽとりと落としては、両面を焼いた。

その日のお膳には、シシトウの焼き浸し、カブの和え物、カブの葉とネギのおか か、空豆と小エビのつくね焼きが並んだ。

夢中で食べながらさゆは、春から夏にまたひとつ季節が巡ったと思った。

るりが益五郎の似顔絵を描いて二日たったが、まだ子どもたちは見つかっていない。

「旦那方は船宿や船を探しているらしい」

伊兵衛とふくがまた人さらいの話をしている。子どもたちが見つからないどころか、さらわれた子どもの数は二十人をくだらないことがわかってきたという。

「なんで船なの？」

「かどわかされたのは、体の大きな男の子ばかり。さらわれたといっても、言われるまま、歩いちゃくれない。となると、船で運ぶのがいちばん。ってことだろうな」

伊兵衛が苦々しい顔でいう。ふくが頰に手をあてた。

「船なんかで遠い知らない土地に連れて行かれたら、もう江戸には帰ってこられないわね」

「その前に子どもたちを見つけようと、旦那方もやっきになっているんだろうよ」

「おるりさんの知り合いの子も、かどわかされたなんてねえ。心配だねえ」

るりはふくに、こくっと小さくうなずく。伊兵衛がるりを見た。

「大工の息子だってな。おるりさんが描いた似顔絵を見たよ。うまいもんじゃないか」

「あれ、おるりさんが描いたの？」

「友吉さんがそういってたよ」

「まあ、たいしたもんだ」

相変わらず、口をきかないるりを、伊兵衛とふくは鼻白んだような顔で見つめた。

その午後、鮎がやってきて、いつものように奥で裁縫をはじめた。

きえに頼まれ、引き受けた格好になったが、いざとなるとさゆは鮎にどう切り出していいかわからずにいた。

忙しく団子を焼きながら、昨日の小夏との会話を思い出した。

――何？　嫁にまだ行きたくないってめそめそしてる？

――その気持ち、私もわからないではないのよ。

――おさゆちゃんと、お鮎ちゃんは、違うわ。おさゆちゃんは奉公に出ていたでしょ。お鮎ちゃんはおとなしく嫁入り修行をしているのよ。親にも手習い所のお師匠さんにもさからったことだってないんでしょう。私たちとは大違いだ。

——小夏ちゃんと一緒にしないで。私は手習い所のお師匠さんにさからったことなんてないよ。

——とにかく、お鮎ちゃんは、親がいいというなら、はいそうですかっていいそうな娘じゃない。それがだだをこねるとなると……好きな男がいたりして。まさか伊織さま？　うわぁ〜、やっかいだわ。大店から与力の家に嫁に行くなんて、人は玉の輿というかもしれないけれど、実際は苦労しにいくみたいなものじゃない。権高で、窮屈で、意外にお金もない。……伊織さまはどうなのよ。気があるの？　二人が一緒にいるところを見たけど、話が弾んでいる感じでもなかったよね。弾めばいいってわけじゃないけどさ、男と女の場合。縁談があるから、そうのんびりもしていられないし。かといって焦ってお鮎ちゃんをせかしても、いい結果にならない気もするし。こりゃ、大変だわ。

歯に衣着せず、小夏がずばずばいってくれたせいで、よけいにさゆの気が重くなった。

「お待たせしました」

職人たちに、団子を十本運んだときだった。

夕方七つ（四時）に鮎を迎えに来るといっていたスミが顔を出した。

「ずいぶん早いわね。まだ八つ半（三時）を過ぎたばかりなのに」

「おかみさんがそろって」

母親の勘で、鮎を家に早めに戻そうと、きえが思ったのかも知れない。蒲公英に来るようになるまで、鮎の日常は稽古事と家の往復だけだったのだ。

「夕方っていったのに。おっかさんたら」

つるりとした頰をふくらませて、鮎が草履をはきかけたとき、伊織が顔を出した。

「おるりさん、おりますか？」

鮎に目をやり、会釈した伊織は、るりを探して店内を見回した。

「もう帰りましたけど。何か急の御用ですか？」

「また子どもの似顔絵を描いてもらいたくて」

「家にいると思いますよ」

「お住まいは？」

「本松町。下駄屋の『橋本』よ」

後ろに控えていた岡っ引きの友吉が走って行くのが見えた。

「実は……おるりさんがうんといってくれれば、これから似顔絵描きをお願いしたいと思ってるんですよ。そのときには、おるりさんをお借りすることになりますが」

「おるりさんさえよければ、うちはかまいませんよ」

「あれほどの絵を描ける人は、なかなか見つかりませんから」

「友吉さんだけでおるりさんを連れて来られるかしら。友吉さんはおるりさんのつっけんどんないい方が苦手だし、おるりさんも……」

　さゆが心配げにいうと、ふっと伊織が笑った。

「愛想がないのは、まあ、正直ともいえるわけで。おもしろくもないのに、えへらえへら笑っているよりはずっとよいと私は思います。でも確かに友吉だけでは心(こころ)許(もと)ないな。断られたら困るので、私も本松町にいってみますよ」

　伊織は「ごめん」と頭を下げると、足早に出て行った。

「えへらえへらだって」

　鮎が低い声でつぶやく。鮎のことをいったのではあるまいに。鮎の目がわずかに潤(うる)んでいるような気がした。

　鮎が蒲公英に姿を見せなくなって、三日たった。

　その間、いなくなった子どもたちの似顔絵描きのために、るりは何度も番屋にかり出された。一度にすませられないものかと思うが、それぞれの子どもを見知った人を順番に番屋に呼び出す手間があるらしい。

「おばさん、野菜の入り用はないかい？」

団子を食べながら棒手ふりが、さゆに声をかけた。近ごろ店によくきてくれる男だ。

「何がある？」

「お安くしますぜ」

さゆは、いんげん、かぼちゃ、ゴボウと空豆を手に取った。好物ばかりである。いんげんはお浸しに、かぼちゃは甘辛く煮て、ゴボウはきんぴら、空豆は……と考えると、生唾（なまつば）が出そうになる。

夕方近くになり、客が切れると、さゆは店番をしながら、空豆を莢から外した。薄皮は残し、十文字に軽く切れ目を入れる。

沸騰した鍋に出汁醤油と味醂、空豆を入れ、あくを取り除きながら煮た。すっと爪楊枝が入るようになったら火を止め、干し桜エビをたっぷり加え、蓋（ふた）をしておく。こうして放ったらかして冷ますと、桜エビのうまみがじっくり空豆にしみこんでくれるのだ。

味見をしようと、小鉢に少しばかりとったものを持ち、店に戻ってきたとき、笠をかぶった男がひとり店に入ってきた。

笠をとる前から、さゆには誰だかわかった。

「これがおさゆさんの店でござるか。ようやく訪ねることができもうした」

俊一郎だった。

「まあ、わざわざ……本当にいらしていただけるとは、思ってもおりませんでした」

さゆの胸がはねあがった。

いい年をしているのに小娘みたいだ。

だが、小娘ではない証拠に、さゆの目は俊一郎の供の姿を探している。俊一郎はそれに気づいたのか、口元をほころばせる。

「隠居ですから、ときどきはひとりでふらりと歩いておりましてな」

「どうぞお座り下さいませ」

腰掛に座ると、俊一郎はさゆを見た。

「団子を二本とお茶をお願いしましょうか」

「はい」

俊一郎は、確か、甘いお茶が好きだった。湯冷ましで十分にぬるくなったものを、ゆっくり急須に注いだ。しばらく時をおき、湯呑にいれる。

ひとくち、口に含んだ俊一郎が満足げにうなずく。

「甘露でござる」

目のまわりにこまかなシワが寄っている。その目元に優しさがにじんでいた。

——俊一郎、若いのに酒よりお茶が好きか？

——どちらも、ではいけますまいか。おさゆさんのお茶は格別でござる。こんなにうまいお茶を口にしたことはございませぬ。

若き日、俊一郎は主の峯高に目を輝かせてこういっていたことを、さゆは不意に思い出した。

ずっと思い出したことなどなかったのに、忘れてはいなかった。心のどこかにしまいこんでいたのだ。

俊一郎は団子もうまいうまいと食べる。

「もちもちとしてたまらん。そのくせかみしめているうちに、溶けてしまう。そしてこのたれ。甘さといいしょっぱさといい、団子にからみつくような柔らかさといい、絶妙でござる」

そしてまた、うまいとつぶやいた。まるで子どものようだ。気がつくと、さゆはうふふと声にして笑っていた。

「ごめんなさい。あんまりほめてくださったんで……」

俊一郎は頭の後ろに手をやった。

「いや、お恥ずかしい。しかし、うまいものはうまい。口をついて出てしまう。この癖はどうやら、いくつになっても治らないもののようでござる」

それから俊一郎は背を伸ばした。

「息子は先日、長崎に旅立ちました」

「それはおめでとうございます。ご出世ですね。お寂しくなったのではないですか」

「いや、もう私の出る幕はござらぬ。あとは無事におつとめを果たしてくれと願うだけでござる」

そして俊一郎は、息子の徳太郎を生んでしばらくして、産後の肥立ちが悪かった妻が亡くなり、ひとりで息子を育て上げたと続けた。

「まあ、後妻さんをお迎えにならなかったんですか」

「はあ」

「ご不自由なこともおありだったでしょう」

「母や奉公人に助けてもらい、なんとか」

俊一郎は顔をあげ、さゆの目をじっとみつめた。ようやく落ち着いたさゆの心の臓が、またどきっといいはじめる。

「おさゆさんの手料理のことは、忘れたことがござらんかった。それで、徳太郎が池田家に上がると聞いたとき、息子に頼みこんだのでござる。息子に頼み事をするのははじめてでござった」

「頼みごと？」

「池田家の宴に同席したいと。……もしかしたらおさゆさんがいらっしゃるのではないかと、一縷の望みをかけたのでござった。それが叶えられるとは、私も幸せな男でござる」

「過分なお言葉を頂戴して……ありがとうございます」

私の料理だけですか？　と聞きたいような気がした。

そのとき俊一郎の目がついと動いた。目が小鉢に注がれている。

「それは……」

「あら。夜のお菜に作ったものなんですの。ちょっと味見をしようと……」

さゆはいたずらが見つかったように肩をすくめた。

「空豆ですかな」

「……つまらないものですが、よかったら召し上がります？」

俊一郎がうなずくのを待たず、さゆは「ちょっとお待ち下さい」といい、勝手に向かった。

ぬるくなっていた鍋をもう一度温め、空豆の薄皮をひとつひとつはがして、小鉢にもりつけ、箸置きと箸も盆にのせて戻る。

「お口汚しかも知れませんが……空豆と桜エビでございます」

「なにやら、催促したような」

俊一郎は箸をとった。空豆を口に入れ、うむとうなる。

「桜エビのうまみが空豆にしみこんでおりまするな」

さゆは大ぶりな湯呑に熱々の番茶を淹れ、俊一郎の手元においた。

また俊一郎がうなる。

そう、この人はいつもこんな風に、いかにも美味しそうに、なんということもないお菜まで食べてくれたのだと、さゆの胸が懐かしさでいっぱいになった。

「そういえばおさゆさんは空豆がお好きでしたな。空豆の旬は短いから、毎日でも食べたいといっておられたのを今、思い出しました」

「そんなこと、渡辺さまに申し上げたなんて、穴があったら入りたい」

「かわいらしかった。今もそれは変わりませぬ……。そのうえ料理の腕はますます冴えておられる」

俊一郎は目をゆるめた。

「そんな風におっしゃっていただいたら、また何かごちそうしなくてはなりませんわね」

「孫も大きくなりましたし、ようやく好きなことをできる身の上となりました。これからはときどき、うかがってもよろしいかな」

「もちろんでございます」

そのとき小夏が「こんにちは」と、良く通る声で言いながら店に入ってきた。

「では、私はこれで」

俊一郎が立ち上がる。

「またぜひおいでくださいまし」

若い頃とは違う。でも、さゆの心のひだが喜びで震えていた。

俊一郎を見送り、店に戻ろうと振り向くと、真後ろに小夏が立っていた。小夏はさゆの袖をつかんだ。

「今のお侍、いったい誰？　どういう関係？」

「池田さまに奉公していたときに、先代の殿様の下で働かれていた方ですよ」

「それだけ？」

「そうに決まっているでしょ」

「どうしてその人がわざわざ来たの？」

「この間のお客寄せのときに、たまたまお会いしたのよ」

「偉い人ばっかりが集まった、あの宴会に？　ってことは、あの人も偉いってこと？」

「まあ……でも、もう隠居よ」

「ふたり、いい感じに見えたんだけど。気のせいかしら」

「小夏ちゃんたら何をいってんだか」

そのとき客がどどっと入ってきて、さゆは小夏と話すどころではなくなり、ほっとした。

晩ご飯を食べながら、さゆは俊一郎のことを思った。

こんな風に俊一郎と話す日がくるなんて、誰が思っただろうか。

若かりし頃、給仕をしながら、さゆは俊一郎の食べている姿をみるのが楽しみだった。

「うまい」といわれ、微笑む。「おさゆさんのお菜は格別でござる」には「ありがとうございます」と目をふせる。「また食べたい」といわれても、うなずくことしかできなかったとばかり思っていた。

高家(たかべ)神社の料理上達御守をもらったときだって、「これを私に？　ありがとうございます」と答えるのがせいいっぱいだったはずだ。

だが、空豆の話も、蒲公英が好きだという話も、俊一郎にいわれて、そういえばそんなことをいったと思い出した。

——渡辺さまは本当に食いしん坊ですね。

——おさゆさんの料理がうまいから。いけませぬか。

ときにはさゆから俊一郎に話しかけたこともあった。

俊一郎が笑うたびに、甘酸っぱい気持ちになったことも思い出した。

けれど相手は旗本の長男。先に進むことはないと、つかず離れずのこの関係が続いていくように願うことしかできなかった。

そして俊一郎が幕閣の重鎮の娘と夫婦になったと聞いたとき、さゆは自分の気持ちに封をした。

心の中を覗く(のぞ)のが怖かった。

始まる前に終わった恋だなんて、うそぶいていただけだ。

さゆは俊一郎に恋をしていたのだ。

あれから何十年もたった今、年月を重ねたからこそ、封をしていた気持ちをうけとめることができた気がする。

俊一郎は、また来るといってくれた。

それを心待ちにしていいのだろうか。いや、もうすでに俊一郎を待っている自分がここにいる。

俊一郎は来るはずだ。

そうでなくては、あんな優しい目で見つめてくれるわけがない。

「だからどうするってわけではないけれど」

ひとりつぶやき、さゆは苦笑した。

若いから辛いこともある。

若いから、先が見えない。先はどこまでも続いているのだから。

経験は乏しく、失敗が怖い。傷つくのが怖い。

なるようになれと思えるのは、この歳だからだろうか。

年齢を重ね、体も若い頃のようではなくなったが、失敗したらまた立ち上がればいいとわかっている。傷の痛みを和らげる方法もいくつかは身につけた。

ふと、若い日の自分に鮎が重なって思えた。

鮎の気持ちをまだ恋と呼べないと思っていたが、本当にそうなのか。

伊織と鮎が思い合っていないなんて、自分が勝手に決めつけていいわけがないと、さゆは唇をひきしめた。

翌日、伊兵衛とふくと小夏、三人が読売(よみうり)をもって早々に現われた。

「つかまったんだねぇ。人さらいが」

「子どもたちが全員、無事に帰ってきたのは何よりだったよ」

「悪いやつらもいたもんだ。おそろしいったらありゃしない」

さゆとるりは、小夏が差し出した読売を食い入るように読んだ。

昨日、与力、同心、岡っ引きが品川沖にいた住吉丸という千二百石積の船に、数隻の小舟で「御用だ御用だ」と乗り付けたという。船頭などが船を離れているときを狙ったため、船には水主が数人残っていただけだった。

船荷に混じり、船には子ども三十人もが詰め込まれていた。

やがて船に戻ってきた船頭や水主の頭領など十数名を、待ち構えてひとりひとり捕縛したという。

船からは「これらの子どもはいずれも孤児で親類もなく、飫肥へ奉公に差し出す」という嘘八百を並べた証文も見つかった。

――日向というところはとても豊かな良いところで、米の飯や菓子、まんじゅうなどを毎日食べられる。金もやる。脇差も買い与える。道中、伊勢参宮もし、そののち国許に帰してやる。

子どもたちはこの甘い言葉にだまされ、船に乗ったのだが、まともな食べ物が与えられたのは最初の一日だけ。翌日からは船底に閉じ込められ、日の目も見られず、食事も満足に与えられなくなったという。

子どもたちを拉致したのは、船頭に雇われた江戸のごろつきたちで、何人かは捕らえられたが、何人かには逃げられた。船の持ち主は日向国飫肥藩の商人だとも書いてあった。

「明日、船が出るところだったたって。危機一髪ね。海にでられちゃったら、手も足も出ないもの」

小夏が歯切れよく言うと、ふくが相槌をうった。

「一日遅れたら大変だったわよ。でも商人だけでこれほど危ないまねをしでかすことなんてできるのかしら」

「飫肥藩が関わっているんじゃないのか」

伊兵衛が苦いものをかみしめるようにいった。ふくが眉をよせる。

「だとしたら、とんでもない話よ」

「まったくだ。だが、とかげの尻尾切りで、終わっちまうだろうな。飫肥藩まではとてもとても手が及ぶまい」

「まあ、子どもたちが助かったからよしとしなきゃ。友吉さんが、おるりさんの似顔絵が役に立ったといってたよ。品川の茶店や船宿で、似顔絵を見て、この子どもたちを見たという人が見つかったから、船をつきとめることができたんだって」

小夏がそういうと、珍しくおるりは表情をゆるめた。

「よかったです。少しは役だって」

午後になって、稽古帰りの鮎がやってきた。スミに外で待つようにいい、鮎はひとりで入ってくる。ちょうど客がとぎれ、るりも帰り、さゆひとりだった。

鮎はお茶はいらないといい、さゆの前に座った。

「大叔母さまはなぜ嫁入りしなかったの」

いきなり小さな声でいった。

「縁談がふるようにあったはずなのに」

真剣な鮎の表情をみると、うやむやにせず、ちゃんと答えなくてはならないとさゆは思った。ごくっと唾を飲み込み、さゆはいった。

「あのころ、池田さまの家でご奉公することが楽しかったんだと思う。私は、目の前のことに熱中すると他がみえなくなるところがあるし。それと……今になってもう一つ、理由があるとわかったんだけど……ちょっと気になっていた人もいてね。それもあって、踏ん切りがつかなかったのかもしれない」

鮎が息を呑んだのがわかった。

鮎の目がこぼれんばかりに丸くなっている。口がぽかんとあいていた。

それもそうだろう。

祖父の妹から「気になっていた人もいて」などと生々しいことをいわれたら、若い者はたまげてしまう。だが、そうなのだ。

「誰にだって若いときはあるのよ。鮎には気になっている人がいたりしない？」

鮎はうつむいた。返事がない。

「鮎に縁談があるって聞いたよ。迷っているんじゃない？」

こくんと鮎はうなずいて、ささやくようにいう。

「……親が勧めるんだから、黙って嫁に行かなきゃならないのに」

それをいわれると、さゆの胸がうずく。親が勧める縁談をさんざん断って、さゆはひとりものとして生きることになったのだ。

「大叔母さまは後悔してませんか？　嫁入りしなかったこと」

自分のようになったら寂しいから、嫁入りをしたほうがいいよと、鮎はさゆにいってほしいのだろうか。

さゆは言葉を探しながら鮎にいった。

「もし誰かと一緒になったら、亭主の世話をして、子や孫と賑やかに暮らすことができたかもしれない。その成長を楽しみに生きることもできたかもしれない。……でもそういう風には生きてこなかったのよね。私は私で、今も楽しみはあるし、退屈していないし……それもよしというのが正直なところかしら」

この答えは、鮎にとって意外だったのだろう。

鮎は目をぱちぱちとしばたたかせた。

「余計なことをいって、鮎のおっかさんやおとっつぁんに怒られてしまうかもしれないけど、鮎はどうしたいのか、この機会にじっくり考えてみたらいいよ。人と比べることはないの。やっぱり縁談を受けようという答えが出るかも知れないし、もうちょっとひとりでいたいって思うかもしれない」

「どっちを選んでも後悔しそうだったら……」

「すべてがめでたしめでたしとなる道があるなら、はなから悩まないよね。決めきれないってことは、どちらにも清濁があるってこと。それはしょうがない。受け入れるしかないんじゃないかしら」

「……自分で決めるって、怖い気がします」

「そうよねぇ。怖いって気持ち、わかる」

いろんな選択肢があっても、生きられるのはひとつの人生だけだ。

親の言うとおりに生きるもひとつ。

自分がそうしたいと思う道を選ぶのもひとつ。

「このまま、いつかあるかどうかもわからないものを待つより、親が勧める縁談をと思ったりもしますけれど……よく考えてみます」

やがて鮎はいった。

「大叔母さま、ありがとう」

「お役に立たなくてごめんなさいね」

「ううん。大叔母さまと話せてよかった」

さゆは帰って行く鮎を、店の前に出て見送った。

おとなしく、引っ込み思案の娘だと思っていたのに、鮎は同じ年齢のころの自分よりはるかにしっかりしているのかもしれないと思った。


翌日、るりと小夏がいるところに、伊織がやってきた。伊織は小夏の隣に座り、人さらい事件の顚末を語った。

長七は益五郎を見た途端、ぽろぽろ涙をこぼして「ばかやろう、心配かけやがって」と、頭をこつんとこづいた。すっかりやつれはてた長七に、これまたやつれきった益五郎がしがみつき、女房も加わって親子三人で涙にくれたという。

「それもこれも、おるりさんの似顔絵のおかげだ」

「私の絵なんて……」

「殿様、いやお奉行さまからおるりさんに褒美が出ると決まったようなので、楽しみにしていてくれ」

「褒美？　私に？　絵のことで？」

きょとんとして、るりが立ちすくんだ。伊織がうなずく。

「おるりさんの絵は人助けの絵だから」

「すごい。お奉行さまから認められたなんて、よかったわねぇ。ご褒美って何かしら」

そういって振り返ったさゆはびっくりして、言葉を呑み込んだ。

いつも無愛想なるりの目が赤くなっている。見てはならぬものを見てしまったような気がして、さゆは思わず目をふせた。

「これで益五郎がまじめにおとっつぁんの下で大工の修行をするなら、大団円ですわね」

小夏が気を利かせて話の方向を少しだけずらした。伊織が頭をひねった。

「そうなるかもしれないし、ならないかもしれねえ。さあどうなるか。……若いときの腐れ縁ってやつは離れがたいものがあるからな」

「まさか伊織さま、思い当たることがあるみたいに」

小夏はさゆから聞いてわかっているくせに、茶々をいれる。伊織はすべて承知のさゆをちらっと見て頭をかいた。

「ま、いろいろありますよ、若い頃は。少し遠回りをしても、益五郎がまっとうに生きてくれれば」

二十歳の伊織が若い頃なんていってるのは、ちゃんちゃらおかしいが、本人は真剣にそう思っているのだ。さゆが笑うわけにもいかない。

そのとき、鮎が入ってきた。女中のスミが「後ほどお迎えにまいります」とお辞儀をして去って行く。

鮎は伊織とるりを交互にみて、たちすくんでいた。

「今、人さらい事件の顛末を伊織さまからお聞きしていたんですよ。さ、どうぞ」

小夏がいって、席を移り、伊織の隣の席をあけた。

「まあ、そうでしたか」

鮎は失礼しますと硬い表情でつぶやき、伊織と小夏の間に座った。小夏がその耳にささやく。

「おるりさんに、お奉行さまからご褒美がでるそうなの。似顔絵が決め手になって、子どもたちの居所がわかったんだって」

「それは、おめでとうございます」

伊織が鮎を見た。

「これからも、おるりさんには似顔絵をお願いしているんですよ」

「そんな絵を描けるなんて、うらやましいかぎりですわ」

「つきましてはおるりさん、これからは友吉が頼みに来ますので……」

「友吉さんが？」

るりの眉の間に険が浮かんだ。

愛想がからきしないと友吉がるりにけちをつければ、るりは仏頂面で応酬するといった具合で、ふたりの相性は今も最悪だった。

「友吉さんはちょっと……」

「おるりさん、そこをなんとか。友吉にもぶしつけな物言いは控えるように、きつく釘をさしておきますので」

「頭をあげてください。わかりましたから。もう誰でもいいですよ」

内与力の伊織に頭を下げられ、さすがのるりもあわてたようにいった。

鮎はぽかんと、るりを見つめる。

「誰でもいいって」

「ええ。間に入る人なんて誰でも何でもいいんです、私は。絵を描けるなら」

鮎はるりをまじまじと見つめた。

「おるりさん、絵を描くのがやっぱりお好きなのね。好きこそ物の上手なれっておるりさんのことね」

「それをいうなら、お鮎ちゃんのお針だってそうじゃない？」

小夏がすかさずいう。

「それをいうなら、おさゆさんの料理も」

伊織が微笑みながらいった。

鮎の顔がどこかほっとしている。その理由がさゆにはわかる気がした。

鮎は伊織とるりに、少しばかり悋気(りんき)をしていたのではないか。

伊織が役目で似顔絵を頼み、るりが引き受けていたに過ぎないとわかって、鮎から余計な力が抜けたのだろう。

しばらくして、伊織が立ち上がった。

「私はそろそろ、奉行所に戻ります」

「鮎、これを持って帰ってくれる？　美味しいお茶が手に入ったから、おきえさんに」

さゆはとっさに鮎に包みを渡し、伊織に向き直った。

「伊織さま、鮎を送って下さいませんか」

「何か用事があったのでは？」

「いいんです。ね、鮎」

鮎が「は、はい」とうなずく。

「ではまいりましょうか」

外に出て、さゆはふたりを見送った。

きえに知られたら、よけいなことをしてと叱られてしまうかもしれないが、さゆが鮎のためにできるのはふたりで話す時を作る、こんなことくらいだ。

「あら、ま。いい雰囲気」

ふりむくと、さゆの後ろで小夏もふたりが歩き去って行く姿を見つめていた。

「若いっていいわねぇ。案ずるより産むがやすしだったりして」

「先のことはわかんないけど」

「でもふたりが一緒になるのは大変ね。相手は侍だもの」

「そうね」

確かに、今が幸せでもこの先がどうなるかはわからない。でも大事なのは今の気持ちだ。

縁談の相手の大店の気のいい若旦那と、内与力の男。

決めるのは鮎だ。

鮎がどちらを選んでも、もしかしてまた別な道を選んでも、さゆは応援しようと決めていた。

「おるりさん、そろそろあがってくださいな」

そういって、ふりむいたさゆはびっくりして、るりに駆け寄った。るりはしゃがみこみ、両手で顔をおおって泣いていた。

「おるりさん、どうしたの？」

るりは子どものようにしゃくりあげている。それを見つめる小夏の目は驚きのあまり、まんまるだ。

「う、嬉しくて……」

るりは泣きながら、子どものときから絵師になりたかったといった。だが絵を習いたいと親に頼むと、女の絵師などいないとけんもほろろにいわれた。それでも絵を描いていると、無駄なことをするものじゃないと禁じられた。

「あたし、だから……隠れて描いていたんです。誰にも、何もほめられたことがなかった。愛嬌がないって叱られるばかりで。実家でも婚家でも、ダメな女だと言われ続けて……。はじめてほめてもらったのが……あたしの絵だったなんて。こんなことがあるなんて」

なんとか泣き止んだるりの顔を、さゆは手ぬぐいでふいてやり、腰掛に座らせた。

「よかったわねぇ。おるりさんはもう絵を描くなとはいわれない。頼まれる側になったんだもの」

るりの目にまた涙が盛り上がる。

涙をあふれさせたまま、るりはふふっと笑った。泣き笑いだ。

小夏とさゆがつっつきあう。

「笑うとかわいいね、おるりさん」

「ほんとに……ところで、他の絵も描けるの？」

小夏が唐突にいった。

「団子六文、お茶六文って、おさゆちゃんの達筆な字で張り紙をしているけど、そこに美味しそうな団子や、急須と湯呑の絵が描いてあるほうがいいなって、私、ずっと思ってたの」

「あらそうなの？」

「そのほうが食べたいって気になるじゃない」

「全然思いつかなかった」

「商いの素人だから、おさゆちゃんは」

「おるりさん、いやじゃなかったら描いてくれる？　こんなこと頼んで、かまわない？」

「……は、はい」

るりの顔がさらに明るくなった。

自分は何になりたいのか。何をしたいのか。

その答えを見つけたいと思い、さゆは蒲公英を開いたのだが、鮎やるりがここで自分の道を探し始めている。

自分もまた変わった。

鮎やるりの後押しをしようとしていることだって、そうだ。

なるようになれなどと腹をくくる自分にも、はじめましての心境である。

こうして生きられるなら、限られた日々も捨てたものではない。

この先にまた、新しい自分が待っているような気もする。

夕方、暖簾をおろそうと、さゆが外に出ると、茜色の空が広がっていた。

店に戻る荷車が音をたてて通り過ぎ、風呂敷包みを背負った商人や女房たちが足早に行き交う。笑いながらのんびりと歩く、仕事をしまいにしたとおぼしき職人たちもいる。

どの人の顔も夕焼けで赤く染まっていた。

寒くも暑くもないちょうどいい、気持ちのいい夕暮れだ。

間もなく六月で、本格的な夏となる。

「さあ、今晩は何を食べようかしら」

さゆは、通りかかった魚の棒手ふりに声をかけ、「残り物には福ありってね」とつぶやき、魚の吟味にかかった。

初出

「桜ほろほろ」（『はらぺこ〈美味〉時代小説傑作選』所収　ＰＨＰ文芸文庫）

それ以外は書き下ろし

著者紹介

五十嵐佳子（いがらし　けいこ）

1956年、山形県生まれ。お茶の水女子大学文教育学部卒業。女性誌を中心にライターとして広く活躍。著書に「結実の産婆みならい帖」「読売屋お吉甘味帖」「女房は式神遣い！　あらやま神社妖異録」シリーズ、『妻恋稲荷 煮売屋ごよみ』などがある。

PHP文芸文庫　桜色の風
茶屋「蒲公英（たんぽぽ）」の料理帖

2023年5月22日　第1版第1刷

著　者	五十嵐佳子
発行者	永田貴之
発行所	株式会社ＰＨＰ研究所
東京本部	〒135-8137 江東区豊洲5-6-52
	文化事業部 ☎03-3520-9620（編集）
	普及部 ☎03-3520-9630（販売）
京都本部	〒601-8411 京都市南区西九条北ノ内町11
PHP INTERFACE	https://www.php.co.jp/
組　版	朝日メディアインターナショナル株式会社
印刷所	図書印刷株式会社
製本所	東京美術紙工協業組合

ISBN978-4-569-90305-7

PHP文芸文庫

〈完本〉初ものがたり

宮部みゆき 著

岡っ引き・茂七親分が、季節を彩る「初もの」が絡んだ難事件に挑む江戸人情捕物話。文庫未収録の三篇にイラスト多数を添えた完全版。

仇持ち

町医・栗山庵の弟子日録(一)

知野みさき 著

兄の復讐のため、江戸に出てきた凜。仇に近づく手段として、凄腕の町医者・千歳の助手となるが――。人情時代小説シリーズ第一弾！

PHP文芸文庫

婚活食堂1～9

山口恵以子 著

名物おでんと絶品料理が並ぶ「めぐみ食堂」には、様々な恋の悩みを抱えた客が訪れて……。心もお腹も満たされるハートフルストーリー。

PHP文芸文庫

グルメ警部の美食捜査1〜3

斎藤千輪 著

この捜査に、このディナーって必要⁉ 聞き込み中でも張り込み中でも、おいしい料理にこだわる久留米警部の活躍を描くミステリー。

PHP文芸文庫

京都祇園もも吉庵のあまから帖1〜6

志賀内泰弘 著

京都祇園には、元芸妓の女将が営む「一見さんお断り」の甘味処があるという——。ときにほろ苦くも心あたたまる、感動の連作短編集。

PHP文芸文庫

金沢 洋食屋ななかまど物語

上田聡子 著

洋食屋の一人娘・千夏にはずっと想い人がいた。しかし、父は店に迎えたコックを婿にしたいらしく……。金沢を舞台に綴る純愛物語。